don

La clé du monde

Guy Sirois

Les Éditions Médiaspaul remercient le Ministère du Patrimoine canadien, le Conseil des Arts du Canada et la Société de développement des entreprises culturelles du Québec (SODEC) pour le soutien qui leur est accordé dans le cadre des Programmes d'aide à l'édition.

Données de catalogage avant publication

Sirois, Guy,

La clé du monde

(Jeunesse-pop; 133)

ISBN 2-89420-403-5

I. Titre. II. Collection: Collection Jeunesse-pop; 133.

PS8587.I758C53 2000 jC843'.6 C00-940056-7
PS9587.I758C53 2000
PZ23.S57Cl 2000

Composition et mise en page: *Médiaspaul*

Illustration de la couverture: *Charles Vinh*

ISBN 2-89420-403-5

Dépôt légal — 1er trimestre 2000
Bibliothèque nationale du Québec
Bibliothèque nationale du Canada

3965, boul. Henri-Bourassa Est
Montréal, QC, H1H 1L1 (Canada)
www.mediaspaul.qc.ca
mediaspaul@mediaspaul.qc.ca

Celui-ci est pour Sylvie

1

Menace

Stéphane flottait dans un trou sans fond, plein de ténèbres, au cœur d'un silence pesant.

Et le silence crépitait légèrement. Il s'approcha de la source, sans se demander comment il *s'approchait*. Les crépitements se muèrent en bruits de jets d'eau. Il crut reconnaître des voix. *...tsigâ?...*

Soudain, il fut attiré vers le haut, par une force invisible, propulsé vers une destination inconnue mais terriblement désirable. Au fur et à mesure qu'il montait (mais peut-être descendait-il?) il prit conscience d'être dans une sorte de bulle, une bulle d'air, et cette bulle retournait à son élément... *vâtsigâ?...*

Il explosa à la surface d'une mer de couleurs.

— Ça va, 'tit gars?

Stéphane examina les visages de géants penchés sur lui. Il eut un instant de panique, puis il comprit qu'il était étendu au sol.

Que lui était-il arrivé? Une face ronde et grasse s'approcha de la sienne.

— Ça va, petit? Tu n'as rien?

Deux syllabes coulèrent de sa bouche comme si quelqu'un avait parlé à sa place:

— Ça va.

Un sourire apparut sur le visage de l'homme et Stéphane entendit des conversations reprendre autour de lui. Les choses commençaient lentement à prendre du sens. Il était tombé et avait perdu conscience, voilà. On s'était précipité pour lui venir en aide.

— J'appelle une ambulance, dit une voix qui venait de plus loin.

— Quelqu'un a remarqué le numéro de la plaque? fit une autre voix.

Un des visages tournés vers lui s'éclaira. Une main se leva et l'homme dit:

— Je l'ai noté.

— J'ai tout vu! dit une voix de fausset, en dehors de son champ de vision. On aurait dit qu'ils voulaient foncer sur le petit...

Puis une autre voix :

— As-tu vu le vieux courir pour sauver le petit? En forme, hein? Serais-tu capable de faire la même chose, toi?

Quelques rires, d'autres bruits, d'autres paroles sans signification.

Stéphane esquissa le geste de se lever. Une main se posa sur son épaule.

— Tu ne dois pas bouger, fit un homme aux longs cheveux gris. L'ambulance va arriver bientôt.

Quelque chose n'allait pas. Il entendait les mots, mais c'était comme si ses idées avaient de la difficulté à prendre forme. L'ambulance. Il était blessé! On allait le conduire à l'hôpital. On allait le conduire…

— NON!

Un concert de voix lui répondit:

— Du calme! Du calme! Reste tranquille… Tu n'as rien à craindre.

Rien à craindre? Si sa mère apprenait qu'il était à l'hôpital, elle lui ferait la crise du siècle!

Il tenta à nouveau de se mettre sur ses pieds. Des mains puissantes le retinrent au sol.

— Je n'ai rien, je vous jure. Je dois rentrer. Ma mère va s'inquiéter.

Le visage gras s'orna d'un sourire.

— On va l'informer. C'est quoi ton numéro?

— Je… Je me souviens plus.

Il ne fallait surtout pas que sa mère soit informée.

— T'as eu un choc, mon garçon. Patience. On va bien s'occuper de toi. Quand est-ce qu'elle arrive, la maudite ambulance?

Résigné, Stéphane prit une profonde inspiration et ferma les yeux. On trouverait bien son identité à un moment ou l'autre, une fois à l'hôpital. Il en serait quitte pour une engueulade monstre avec sa mère quand elle apprendrait qu'il avait encore manqué l'école.

C'était toujours la même chose. Pour un oui ou pour un non elle lui piquait une crise. «Ne fais pas ci, ne fais pas ça... Je sais ce qui est bon pour toi et tu vas m'obéir... C'est parce que je t'aime», qu'elle disait. Bel amour, oui. Le seul moyen qu'il avait trouvé de se soustraire à ce régime de prison, ne serait-ce que temporairement, c'était de se réfugier au local de son copain Charles. Le problème, c'est qu'elle n'acceptait pas davantage Charles que ses autres amis et qu'elle avait interdit à Stéphane de le fréquenter. Quand elle apprendrait qu'il avait eu un accident à l'autre bout de la ville, elle ferait deux plus deux et en déduirait que son fils avait désobéi de nouveau. Tout à parier qu'elle imposerait une semaine de «couvre-feu». C'était sa manière à elle de dire qu'il devait être à la maison une demi-heure exactement après l'école (le temps du trajet d'autobus). Et, bien sûr, pas de sortie pendant le week-end.

«C'est parce que je t'aime», qu'elle dirait.

***

À l'hôpital, ils lui firent subir plusieurs tests, l'interrogèrent sans fin sur ses impressions et ses sensations. Il répondait continuellement la même chose: «Je n'ai rien. Je me sens bien.» Mais ce n'était pas suffisant pour le médecin et les infirmières. À croire qu'ils voulaient lui découvrir une blessure mortelle qui l'aurait conduit au tombeau pendant la soirée. Il continua à refuser de décliner son identité, son adresse et son numéro de téléphone. Prétendre l'amnésie aurait contribué à augmenter le nombre de tests. Une infirmière en particulier semblait le comprendre. Elle l'observait en silence, un sourire accroché aux lèvres. Elle lui rappelait un peu sa mère, avec ses cheveux roux, ses yeux gris et sa jeune quarantaine.

— Quand est-ce que je vais sortir? demanda-t-il.

— On n'a pas fini tous les tests. Peut-être bientôt. Ton oncle est ici.

— Mon oncle?

Stéphane résista à la tentation de poser la

question suivante: quel oncle? Le seul qu'il connaissait était fonctionnaire et demeurait à Ottawa. Mais comment cet oncle aurait-il pu apprendre la nouvelle de son accident et se rendre dans sa région en si peu de temps? Et, de toute façon, Stéphane ne se rappelait même pas lui avoir adressé la parole en dix ans. Non, ça ne pouvait pas être l'oncle Arthur.

— Est-ce que je peux lui parler? fit Stéphane avec un sourire qu'il tenta de rendre le plus naturel possible.

L'infirmière rousse l'observa un instant:

— Pas tout de suite, Stéphane. Mais dans une demi-heure environ, je crois que tu pourras le voir. Tu dois maintenant te reposer.

Puis elle quitta la salle après s'être assurée qu'il n'avait besoin de rien.

Il ne prit pas tout de suite conscience qu'elle l'avait appelé par son nom. Quand la révélation fit son chemin dans son cerveau, il se redressa brusquement dans son lit. Comment avait-elle fait pour savoir? À moins que son oncle... Non, ça n'avait aucun sens.

Il dut s'assoupir un instant car, lorsqu'il ouvrit les yeux, l'infirmière était revenue à son chevet. Derrière elle, un vieil homme à tignasse grise tenait un chapeau sale pressé contre sa poitrine.

— Ton oncle est ici, Stéphane.

L'homme s'approcha de l'infirmière et lui glissa quelques mots à l'oreille, que Stéphane ne comprit pas.

— Bien sûr, dit l'infirmière. Je serai dans le couloir si vous avez besoin de moi.

Puis elle les laissa seuls, lui et le vieil homme.

Stéphane examina le nouveau venu avec attention, cherchant à l'identifier. Ce n'était certainement pas son oncle d'Ottawa. Ce dernier avait quelques années de plus que sa mère, était complètement chauve et devait peser dans les cent kilos. Celui qui se tenait maintenant au chevet de son lit faisait vingt ans de plus, cinquante kilos de moins et sa crinière grise aurait fait l'envie d'Iggy Pop. Un inconnu ou bien... Peut-être le choc de l'accident avait-il vraiment rendu Stéphane amnésique.

Une image revint pourtant à sa mémoire. Cet homme, il l'avait vu près de lui quand il avait repris conscience au milieu de la rue! Qu'est-ce qu'il pouvait bien faire ici?

— C'est vous qui avez dit à l'infirmière que vous étiez mon oncle?

— Il fallait bien que je te voie, dit-il à voix basse.

— Vous êtes qui, vous?

— Chaque chose en son temps, mon garçon. Pour l'instant, je suis ton oncle.

— Et comment est-ce que vous savez comment je m'appelle?

— Je sais pas mal de choses sur toi. C'est moi qui ai mentionné ton nom quand on t'a amené ici. Sans cela, ils ne m'auraient pas permis de te parler. J'ai aussi dit que tu demeurais avec moi.

Stéphane se sentait déchiré entre le désir d'écouter ce que l'homme avait à dire et le simple bon sens qui lui soufflait de se méfier des inconnus, surtout de ceux qui connaissent votre nom. Quand il était encore vivant, son grand-père lui répétait constamment que les rues des villes sont toujours pleines de maniaques. Et pourtant, quelque chose d'incompréhensible mais de terriblement profond le poussait à faire confiance à cet homme même s'il ne l'avait jamais vu de sa vie. Comme si, justement, il ne lui était pas tout à fait inconnu...

— Vous avez averti ma mère?

— J'ai cru bon attendre d'en savoir plus long sur ton état de santé. On m'a dit que ça allait bien. Il faudra bien la prévenir, cependant. Ils vont te garder ici encore quelque heures, histoire de s'assurer que tu n'as pas subi de traumatisme crânien. Tu veux que je m'en charge?

Stéphane repensa à la scène qui ne manquerait pas d'éclater à son retour à la maison.

— Je préfère pas.

Puis l'absurdité de toute la situation le frappa de nouveau.

— Mais qu'est-ce que vous me voulez?

— Je dois te protéger, Stéphane.

— Comment ça, me protéger, escrime! C'est une histoire de taxage, ça? J'ai pas besoin de ce genre de protection. Mais toi, mon vieux maudit, tu devrais avoir peur de la police.

— Les policiers ne peuvent rien contre tes ennemis, à part constater les dégâts... Tes ennemis sont sans pitié, Stéphane. Ils veulent t'éliminer à tout prix. Ils veulent ta mort.

Un frisson monta le long de son épine dorsale. Qu'est-ce qui se passait? Qu'est-ce que...

— J'appelle l'infirmière, dit Stéphane, menaçant.

L'inconnu secoua sa longue chevelure d'argent.

— Inutile. Je vais devoir partir de toute façon. Mais je veux que tu écoutes bien ce que j'ai à te dire. Je vais t'attendre en bas. Quand tu sortiras (d'après le médecin, ça ne devrait pas prendre plus de deux heures), viens me rejoindre à l'entrée principale.

— Et pourquoi est-ce que je vous obéirais?
— Parce qu'on a tenté de te tuer aujourd'hui et que je suis seul à savoir de qui il s'agit.

***

Sans se donner la peine de vérifier si le vieux l'attendait à l'entrée principale, Stéphane appela un taxi et attendit à la porte arrière. Il en descendit à une rue de chez lui.

Il donna au chauffeur ce qui lui restait d'argent de poche et s'éloigna sans regarder derrière lui, comme si de cette façon tout allait s'effacer, l'accident, l'hôpital et l'inconnu à la tête grise. Comme dans un rêve, il franchit la trentaine de pas le séparant de la vieille maison qu'ils habitaient, lui et sa mère. Il hésita un peu avant de gravir les quelques marches qui menaient à la porte, tenté un instant de rebrousser chemin, de courir sans s'arrêter pour aller... Pour aller où, justement? Chez son copain Charles? Ce serait le premier endroit auquel penserait sa mère. Non, mauvaise idée. Mais il n'avait aucune autre place où aller. Chez Ti-Coune? Pourquoi pas? Il avait déjà passé quelques week-ends chez lui à tripper SF. Ça pourrait... Ridicule: le père de Ti-Coune vérifierait immédiatement auprès de sa mère. Alors? Dans la rue? Un coup de fil de sa mère et la police serait avertie. On le retrouverait immédiatement. À moins de quitter la ville...

La porte le regardait, muette et familière. Inutile de chercher à tergiverser. Il n'avait aucune chance de s'en tirer. Il ne lui restait qu'à affronter la réalité.

Il tourna le bouton de la porte.

Sa mère se trouvait dans la cuisine, penchée au-dessus de l'évier. Le bruit familier de la vaisselle le réconforta un peu. Elle se retourna en l'entendant entrer.

Il n'aima pas le regard qu'elle lui lança. Mais la question qui suivit n'avait rien d'inquiétant.

— Qu'est-ce que tu veux pour souper? Il reste des *spags*.

— C'est correct, j'ai pas faim.

Mauvaise réponse. Sa mère ne croirait jamais une chose pareille. Il ajouta aussitôt:

— J'ai mangé au restaurant.

— Ah, je me disais aussi. D'habitude, t'es pas en retard.

D'habitude, je ne me fais pas rentrer dedans par une auto.

Il monta dans sa chambre et s'étendit sur son lit. Il avait la tête pleine de questions. De toutes les invraisemblances de cette histoire, la plus grave était sans doute la confiance incompréhensible qu'il avait eu envie de manifester au vieil homme. *Qu'est-ce qui me prend, escrime! Est-ce que je crois vraiment à cette histoire de menace?*

Et, de toute façon, de quelle menace s'agissait-il? L'homme n'avait rien dit. Une auto l'avait frappé. Bon. Ce sont des choses qui arrivent. Le conducteur s'était enfui. Pas courant, mais possible. Cela faisait de lui un criminel par délit de fuite. Mais un assassin? Non, c'était trop difficile à croire. Est-ce qu'il n'était pas en train de se laisser entraîner dans une affaire de... De quoi, au juste?

Il étendit le bras et mit en marche son lecteur CD. Les accents familiers de *Grim Skunks* firent vibrer les murs de la petite chambre. Il attendit quelques secondes et les inévitables avertissements de sa mère montèrent jusqu'à lui.

— Baisse ta musique, Stéphane! Je peux plus m'entendre penser.

— Quoi?

Il sourit et, comme par réflexe, monta le volume. Si cela marchait pour elle, pourquoi pas pour lui? Ne plus s'entendre penser. Il ne demandait pas mieux que de trouver un moyen d'apaiser le tumulte de ses idées.

— STÉPHANE! Fais-moi pas monter!

Résigné, il allongea de nouveau le bras et tourna le bouton. Le fracas de la musique se transforma en un murmure presque inaudible. Tout plutôt qu'une autre discussion avec sa mère.

Il avait dû perdre conscience de l'écoulement du temps, ou bien il s'était assoupi. Quand il ouvrit les yeux, la pénombre régnait dans la chambre. La brise soulevait délicatement les rideaux et un faisceau de lumière jaune venait éclairer ses pieds encore chaussés. Un coup d'œil au réveil dont les aiguilles commençaient à briller: dix heure et demie. Il se redressa, l'esprit un peu confus, s'assit et entreprit de dénouer les lacets de ses *Nikes* pour s'arrêter aussitôt.

Sortir prendre l'air. C'est de ça que j'ai besoin.

Il écouta. La maison était silencieuse. Normal, sa mère se couchait toujours à dix heures. Elle dormait sans doute à poings fermés. Prudence, cependant; même dans le sommeil elle avait l'oreille sensible. Mieux valait attendre encore un peu.

Il se leva sans faire de bruit et se dirigea vers la commode dont il devinait la forme sombre dans le coin de la pièce. Dans le tiroir du haut il trouva ce qu'il cherchait: un billet de cinq dollars caché sous une masse de chaussettes dépareillées.

En revenant en direction de son lit, il vit le rideau se soulever encore un peu. Il s'arrêta, soudain sur le qui-vive.

Au coin de la rue, dans la lumière du lampadaire, une mince silhouette à la tête grise semblait monter la garde...

2

La vraie peur

Le professeur de français ânonnait son cours devant une classe endormie. De temps à autre, Stéphane tentait de se concentrer sur ce que disait le prof, mais sans le moindre succès. Les mots se succédaient, vides de sens et d'intérêt. Il avait toujours préféré les maths. Ça, au moins, ça voulait dire quelque chose. Jetant un coup d'œil à l'horloge accrochée au mur au dessus de sa tête, il poussa un soupir sonore. À peine vingt minutes que le cours avait commencé. Finirait-il jamais?

— Ça ne vous intéresse pas, monsieur Lefranc?

En entendant son nom, Stéphane leva la tête. Le professeur l'observait, l'air méchant.

— Je m'excuse, monsieur. Je pensais à autre chose.

— Alors faites-moi donc le plaisir d'aller penser ailleurs que dans mon cours!

La phrase suscita quelques rires étouffés dans le fond de la salle. Le professeur rougit en se rendant compte de ce qu'il venait de dire.

Stéphane aurait pu facilement riposter, il l'avait fait à plusieurs reprises, mais, cette fois, le goût du conflit était absent. Il se leva, ramassa ses affaires et, sans regarder derrière lui, se dirigea vers la porte.

— Je ne vous ai pas dit de partir, Lefranc.

Le prof cherchait la confrontation, c'était clair. Pour une fois, Stéphane décida de ne pas relever le défi.

— Je vais aller chez le directeur, dit-il. Je m'excuse, monsieur, mais je crois que je suis malade.

Pour donner un peu de poids à ce qu'il venait de dire, il chancela légèrement en mettant la main sur le bouton de la porte. Puis il ajouta:

— Je vous rapporte un billet, monsieur.

Il referma la porte derrière lui et se retrouva dans le silence relatif du corridor.

La tentation de quitter l'école était forte, mais il résista. Il marcha un peu sans but précis puis, finalement, se retrouva devant la porte du bureau du directeur. Miss Terreur, la secrétaire, pinça les lèvres en le reconnaissant.

Il n'avait pas pris un abonnement, comme certains autres, mais il s'était retrouvé devant elle à quelques reprises dans le passé. Seulement, aujourd'hui, il venait de son propre gré.

— J'aimerais voir le directeur, dit-il d'une voix douce.

— Encore expulsé de ta classe, Stéphane?

— Non. Est-ce que je peux le voir? C'est important.

Elle sembla hésiter, puis pressa un bouton sur l'intercom.

— Monsieur Hardellet? Il y a un garçon ici. Stéphane...

— Lefranc, compléta Stéphane.

— Stéphane Lefranc désire vous rencontrer... Il dit que c'est important... Bien.

D'un coup de tête, elle indiqua la porte.

— Il t'attend, dit-elle.

Il la remercia et poussa la porte.

Le directeur était à son bureau, la tête penchée sur un dossier. Il lut quelque chose, écrivit une note, puis referma le dossier avec un soupir. Chaque fois qu'il avait dû venir dans son bureau, Stéphane avait été témoin du même manège.

— Tu t'es encore mis dans le pétrin? s'enquit le directeur en relevant la tête.

C'était exactement les mêmes mots qu'il avait prononcés la dernière fois, et la fois précédente.

— Je voudrais rencontrer le psychologue, monsieur.

— Ah, oui? Et pourquoi?

— C'est un peu personnel. Je... J'ai un problème.

Quelque chose dans le ton de sa voix dut paraître convaincant, car le directeur ne le renvoya pas immédiatement. Il prit le téléphone, dit quelques mots et reposa le combiné sur son socle.

— Ça va, dit-il. Tu es chanceux, il y a quelqu'un aujourd'hui. Monsieur Boudreault. Il peut te recevoir tout de suite. Tu sais où est le bureau?

Stéphane acquiesça.

— Merci beaucoup, monsieur. Et... euh... est-ce que je pourrais avoir un mot pour mon prof? Pour dire que je suis venu vous voir? Monsieur Tremblay.

— Je vais communiquer avec lui.

Le ton était calme, mais Stéphane pouvait quand même sentir le soupçon dans la voix puissante du directeur.

Il quitta le bureau à pas lents. Miss Terreur le regarda passer, l'air sévère.

***

— On appelle ça le principe de confidentialité, dit le psy. Ça veut dire…

— Oui, je sais ce que ça veut dire. Je voudrais simplement que ma mère soit pas mise au courant. Ça l'inquiéterait pour rien. Après tout, ils m'ont laissé partir, à l'hôpital. Si j'avais vraiment été blessé, ils m'auraient gardé, non?

— Hum, hum. Bon, tu as eu un accident, on t'a transporté à l'hôpital et tu ne veux pas que ta mère le sache. C'est pour cette raison que tu es venu me voir?

— Il y a un homme…

Il s'arrêta, espérant que son hésitation semblerait naturelle. En venant au bureau du psychologue, il avait préparé son histoire, pesant le pour et le contre de ce qu'il convenait de dire, sans parvenir tout à fait à une décision finale. Dire quoi? Révéler chaque détail de ce qui était arrivé? Poser immédiatement la question qui le hantait depuis trois jours?

Il risqua le tout pour le tout et raconta les événements à peu près comme ils s'étaient produits, en incluant l'idée d'une menace de mort qui pesait sur lui, même si cela semblait enlever de la crédibilité à son histoire. Puis il en vint au nœud du problème.

— Cet homme, je crois que je le connais. Je l'ai rencontré avant l'accident.

— C'est possible. Il habite peut-être ton quartier. Tu m'as dit qu'il avait une apparence remarquable. Tu l'auras vu une fois ou deux et ton esprit aura enregistré la chose. C'est tout à fait normal.

— Non. C'est plus... c'est plus profond que ça. Je le connais, c'est tout. Je l'ai rencontré... souvent.

Les yeux du psy devinrent deux billes noires et brillantes.

— Souvent... Qu'est-ce que tu veux dire?

— Je ne sais pas. Souvent. C'est la seule manière d'expliquer ce que ça me fait. Je sais que ça n'a pas beaucoup de sens, mais... Est-ce que vous pouvez m'hypnotiser?

Le psy ouvrit de grands yeux surpris.

— T'hypnotiser? Mais pourquoi donc?

— Je pense que j'ai des souvenirs cachés. Je crois... Peut-être que cet homme m'a fait quelque chose, des choses... Et j'ai préféré oublier. Vous savez...

— Holà! Un petit instant, Stéphane. Ne saute pas tout de suite aux conclusions. Ces histoires de souvenirs refoulés, c'est bien joli, mais c'est très complexe et délicat. Pour un thérapeute, ça peut être plus facile de créer de faux souvenirs chez son client que de déterrer des souvenirs cachés. S'il fallait croire toutes les histoires qu'on raconte, chaque personne en Amérique aurait été victime de sévices sexuels dans son enfance ou d'enlèvement par des extraterrestres. Il faut être très prudent avec ces choses-là. Et j'ai une explication beaucoup plus probable.

— Laquelle?

— Tu as été heurté par une auto, vrai? L'homme se trouvait sur les lieux de l'accident, tu peux le confirmer. Tu me dis qu'il a pris en note le numéro de la plaque d'immatriculation. Plus tard, le même homme se rend à l'hôpital pour prendre de tes nouvelles, correct? C'est un bon Samaritain, voilà tout. Tu as subi un choc lors de l'accident. Ta mémoire est restée un peu confuse. Elle te répète tes souvenirs récents comme une sorte d'écho, comme un miroir, si tu préfères. C'est pour ça que tu as l'impression de retrouver l'image de l'homme dans un passé indéterminé. De toute façon, cet homme te voulait clairement du bien, non? Pourquoi voudrais-tu qu'il ait abusé de toi dans le passé?

Présenté sous cet angle, cela prenait effectivement un tout autre sens. Mais l'impression qu'avait Stéphane de connaître cet homme ne s'évanouissait pas. Il ne s'agissait pas seulement de son apparence physique. Et cela n'expliquait pas pourquoi il avait monté la garde devant la maison. Bon Samaritain, peut-être, mais il semblait prendre la chose passablement à cœur.

D'un geste de la main, le psy balaya l'histoire de menace.

— C'est le monde réel, ici. Pas les X-Files.

Quand Stéphane quitta le bureau du psychologue, il n'était pas plus avancé.

Et pas plus rassuré.

***

Quelques jours s'écoulèrent sans qu'il revoie l'inconnu. Apparemment, sa mère n'avait jamais été informée de son accident. Ce qui signifiait que l'homme avait décidé de garder le secret. Peu à peu, les inquiétudes de Stéphane s'atténuèrent et la vie reprit son cours normal, avec ses frustrations et son ennui confortable.

C'était un vendredi soir. Il avait arraché à sa mère la permission de passer la soirée chez des amis, à la condition de revenir à minuit et de ne pas aller au local de Charles. Il avait l'intention de respecter sa première promesse, mais la deuxième était impossible à tenir. Qu'y avait-il de plus intéressant à faire un vendredi soir que de passer la soirée avec ses meilleurs copains? Et que faisaient ses meilleurs copains si ce n'était de se réunir dans le petit hangar que les parents de Charles mettaient à sa disposition «pour avoir la paix»?

Stéphane arriva le dernier au local de Charles. Quand il ouvrit la porte, Valérie interrompit sa conversation avec Melisandre et lui sourit. Danny, Ti-Bi, Charles, Marcel, Bedon et Marc l'accueillirent en levant leur bière.

Marc avait apporté son système de son portatif; *Soul Winner Scroll*, du techno, ajoutait à l'ambiance. Bedon se cherchait une place où coucher parce qu'il s'était de nouveau chicané avec ses parents et n'avait pas envie de rentrer. Un vrai chum, Bedon. On pouvait tout lui dire. Il fréquentait l'éducation des adultes et voulait faire carrière en informatique comme son père. Stéphane songea un instant à lui offrir le gîte, mais, en pensant à tous les mensonges qu'il devrait raconter à sa mère, il changea d'idée.

— Tu t'es fait sortir du cours de français, Steph? lui demanda Melisandre. Où est-ce que t'es allé? On t'a plus revu après...

Stéphane n'avait pas envie de lui dire qu'il était allé chez le psy. Il attendrait d'être seul avec Marc pour lui raconter qu'il avait revu l'homme le surveiller après l'accident. Et, de toute façon, il voulait oublier toute cette histoire.

— Pour ça, ma belle, je garde mes petits secrets.

Danny se mit à hurler.

— Y en a partout! Maman! Ouache! Ouache!

Il se mit à courir et à accrocher tout le monde.

Tout ça pour quelques fourmis qu'il déclarait être ses ennemies personnelles.

Ce fut une belle soirée. Les gars étaient en forme — surtout Danny; Danny était fou raide, plus malade qu'il avait jamais été, il faisait vraiment n'importe quoi, ce gars-là. Les conversations flottaient, dérivaient, se perdaient, la musique enterrait le reste. Un bon vendredi soir, pas trop dément et juste confortable avec les copains.

— Aïe, Lefranc, où est-ce que tu vas?

C'était Ti-Bi Courcy. Il rota bruyamment pour appuyer sa question.

Quelques têtes se tournèrent vers eux.

— Je rentre, dit Stéphane. J'ai des choses à faire chez nous.

— Fais pas le niaiseux, Lefranc. Envoye, prends une p'tite bière. Ta mère t'attend?

— Non, certain. C'est décidé, je te dis.

— *Cool*, dit Marc.

C'était le signal qu'attendait Stéphane. Il adressa quelques salutations à tout le monde.

Les copains prirent des mines dépitées, mais, quand il eut refermé la porte derrière lui, la joie de vivre faisait de nouveau résonner les murs du local.

Pendant la soirée, à un moment plus tranquille, Stéphane s'était rendu compte qu'il avait vraiment l'intention de respecter la promesse faite à sa mère de revenir pour minuit. C'était devenu rapidement une décision ferme. Pourquoi? Stéphane aurait eu peine à le dire. *Du respect?* pensa-t-il. Cela semblait difficile à croire. C'était un mot qu'il n'employait jamais, «respect». Comme aucun de ses amis, d'ailleurs. C'était un terme un peu drôle, un truc de vieux. Est-ce qu'il *respectait* sa mère? La réponse lui apparut dans tout son évidence. *Oui, bien sûr que je respecte ma mère.* Mais il se souvenait en même temps d'innombrables fois où elle lui était apparue sous les traits d'une créature méprisable. La contradiction le troubla.

Il revenait donc chez lui, encore un peu ivre, produisant un rythme de rap avec sa bouche et riant encore des conneries de Danny. L'autobus lui était passé sous le nez et, comme il n'avait pas l'intention de poireauter vingt minutes au coin de la rue et qu'une désagréable nausée commençait à lui empoisonner l'estomac, il avait décidé de faire le trajet à pied.

Cela le mettrait peut-être une quinzaine de minutes en retard, mais il s'en moquait bien. Les remontrances n'auraient lieu que le lendemain et il n'avait qu'à se lever plus tard, à midi par exemple, pour trouver sa mère dans de meilleures dispositions. Le rituel était invariable: à neuf heures, elle lui crierait après pendant une demi-heure, s'activerait ensuite à ses tâches domestiques, recommencerait à dix heures puis oublierait le tout.

Aussi facile que ça!

C'est donc avec une certaine sérénité qu'il remontait les trottoirs sombres. Il les connaissait si bien, ces trottoirs, qu'il aurait pu y marcher les yeux fermés tant chaque lézarde lui était familière, tant il connaissait l'emplacement de chaque poubelle. Curieux comme les gens étaient routiniers. Il ne leur serait jamais venu à l'idée, pour une fois, de placer la poubelle un peu à droite, un peu à gauche de l'endroit où ils la déposaient chaque semaine. À croire que leur existence était uniquement réglée par leurs habitudes. *Le jour où ma vie sera menée par des habitudes...*

Il ne termina pas sa pensée, un peu par lâcheté, un peu par incertitude. Puis soudain, il s'arrêta net.

Un faible rayon verdâtre venait de passer silencieusement par-dessus son épaule. La première perception de Stéphane fut l'image d'une interminable paille verte, très droite et légèrement phosphorescente.

L'extrémité du rayon toucha un poteau téléphonique. Le poteau se creusa d'une demi-lune, comme si un géant y avait pris une bouchée.

Baissant la tête, Stéphane se mit à courir à toutes jambes, sans vérifier derrière lui si un autre rayon le suivait. Pas le temps.

Un bruit résonna soudain dans la nuit. Des pas rapides...

Cela venait de devant.

Il ralentit un instant sa course et chercha une issue sur l'un des côtés. Traverser la rue le rendrait sans doute vulnérable, tandis que tourner à droite...

Coin de rue! Sa chance. Droite toute!

Il pénétra dans la ruelle obscure.

Courir, pensait-t-il. Et c'était vraiment le mot qu'il voyait imprimé devant lui. Comme un gigantesque panneau néon clignotant. Un ordre impératif. Courir. Ne penser qu'à courir, qu'à mettre le plus de distance entre lui et... des extraterrestres? Oublier sa respiration qui menaçait de lui manger le ventre.

Son pied se prit dans quelque chose de mou et de résistant à la fois. Un sac à ordures! Instinctivement, il se roula en boule.

Il retomba sur un autre sac qui s'écrasa sous son poids. Son menton sonna durement contre le ciment du trottoir.

Pendant quelques secondes, il se sentit complètement assommé. Quand il reprit conscience claire de ce qui se présentait, il vit, à la lumière des réverbères, une scène curieuse se déroulant plus loin.

À la jonction des rues, en ombres chinoises, deux silhouettes gesticulaient. Des mots, dans une langue qu'il ne connaissait pas, étaient prononcés à mi-voix. Une sorte de brume s'était levée qui donnait à la scène une apparence irréelle.

Va-t-en d'ici! pensa-t-il. *C'est pas tes affaires.*

Malgré la douleur qui vrillait son crâne, il fit quelques contorsions et réussit à se retrouver sur ses pieds.

La dispute entre les deux hommes prit fin. L'un d'eux tenait une arme pointée sur l'autre. Une lumière jaillit soudain et le rayon vert alla éclabousser la poitrine de la victime.

Un meurtre!

Grouille, grouille-toi, maudit!

Il courait de nouveau à perdre haleine, laissant le cauchemar derrière lui. Mais juste avant de prendre ses jambes à son coup, du coin de l'œil, il avait eu le temps de voir que l'homme n'était pas mort et se précipitait sur l'autre.

Au bout de la ruelle, une lumière glauque annonçait une artère plus importante. Il poursuivit sa course malgré un point qui naissait dans son côté.

Une voix rauque éclata dans la nuit.

— Stéphane, attends!

En entendant son nom, il faillit s'arrêter. Mais une voix plus puissante, celle de la peur, lui ordonna de continuer. Il accéléra.

— Stéphane, attends! dit la voix rauque (qui paraissait soudain moins rauque). Il n'y a plus de danger!

Cette voix, il la reconnaissait bien maintenant. Son visiteur de l'hôpital. Le faux oncle.

Non, pas ça! S'il vous plaît, pas ça! Ce n'est qu'une rêve. Personne n'a jamais tenté de me taxer, d'abuser de moi ou de m'assassiner. Personne!

Et pourtant, derrière lui, il y avait bien eu bagarre et probablement mort d'homme. Cette fois, la chance avait été du côté de Stéphane. La prochaine fois, car il y aura une prochaine fois… *Ils n'abandonneront pas.*

— Stéphane!

Son cerveau sortit enfin de son engourdissement et Stéphane ralentit l'allure. *C'est le vieux qui a tué l'autre!* Sa crainte reflua légèrement. Loin d'être un ennemi, le vieil homme lui apparaissait soudain comme une bouée de sauvetage dans un rêve où rien n'avait plus de sens, dans une histoire absurde et mortelle. Et l'idée s'imposait que le vieil homme était le seul qui pût faire quelque chose pour lui. Un vieil homme entre lui et la mort...

Stéphane s'arrêta complètement et se retourna. Le vieil homme aux cheveux blanc le rejoignit au même instant. Dans la faible lumière, il distingua une large zone circulaire sur la poitrine du vieillard. C'était une portion de sa chemise qui avait disparu. Cela bouleversa tout ce qu'il avait imaginé. C'était sur le vieil homme qu'on avait tiré, lui qui avait reçu le feu du rayon. Mais alors, comment pouvait-il être debout?

L'idée sembla hésiter un instant au bord de sa conscience, puis elle s'évanouit lentement. Bientôt Stéphane n'y pensait même plus...

— Ce type n'était certainement pas seul, dit l'homme. Suis-moi. Nous avons une chance de leur échapper. Mon auto n'est pas loin. Vite!

Comme dans un rêve, surpris de se voir ainsi agir, Stéphane courut dans la nuit à la suite de son «sauveur».

* * *

Man, t'es malade.

Il courait sans regarder où il allait, se contentant de garder les yeux fixés sur la silhouette frêle du vieil homme.

Oui, il devait être fou pour faire ce qu'il faisait. Le bon sens lui dictait de retourner chez lui, les jambes à son cou, ou de se réfugier au poste de police. Après tout, on venait de tenter de l'assassiner. Il ne s'agissait plus d'un accident d'auto et d'un délit de fuite. Le doute n'était plus possible, cette fois. En temps normal, c'est sans doute ce qu'il aurait fait. Alors, qu'est-ce qu'il foutait maintenant à galoper dans la nuit, vers une destination qu'il ne connaissait pas? Et l'inconnu qui courait devant lui comme un champion olympique? Était-ce là le comportement normal d'un vieillard dans la soixantaine?

Man, t'es malade.

HAN! Il venait d'entrer en collision avec quelqu'un. Il eut à peine le temps de s'apercevoir que c'était son sauveur que celui-ci lui criait:

— Monte dans l'auto! On n'a pas un instant à perdre.

Stéphane distingua la masse de l'automobile dans l'obscurité, la contourna et, après quelques tâtonnements, trouva la poignée de la portière. Un instant plus tard, il bouclait sa ceinture pendant que le véhicule démarrait en trombe.

Encore trop sous le choc pour réagir, il regarda défiler les rues. Il ne fallut que quelques minutes pour atteindre la campagne. Les lumières de la ville évanouies, il ne resta plus dans l'univers qu'une auto et ses deux phares trouant les ténèbres. Peu à peu Stéphane retrouva l'usage de la parole:

— Où est-ce qu'on va?

— Dans un endroit sûr. On n'a pas le choix, parce que ces gens-là ne vont pas abandonner la partie maintenant. Ils veulent ta peau et ils vont l'avoir si on ne fait rien pour leur échapper.

— Mais qu'est-ce que j'ai fait?

Il lui semblait que les mots avaient de la difficulté à quitter sa gorge. Pour un peu, il aurait pleuré.

— Rien encore. Ce n'est pas à cause de ce que tu as pu faire qu'ils en ont contre toi.

— Ben, pourquoi alors?

— C'est à cause de ce que tu es.

3

Fuite dans la nuit

C'est à cause de ce que tu es.

Ces mots n'avaient aucun sens pour Stéphane. Il sentait son cerveau paralysé, incapable de décoder ce qu'il entendait. Ce qu'il était? Rien qu'un adolescent, semblable à des milliers d'ados, ni meilleur ni pire que les autres, du moins il l'espérait. Mais ce cerveau savait expliquer ce qu'il était: la cible d'assassins. Pourquoi? Pourquoi? Il sentit les larmes lui monter aux yeux.

Jamais il ne s'était senti aussi abandonné. La présence à ses côtés de celui qui venait de lui sauver la vie ne le consolait nullement. Tout était de la faute de cet homme. S'il n'avait pas été là, rien de tout cela, rien de cette absurde randonnée nocturne ne serait arrivé.

Bien sûr, dit une voix ironique dans sa tête. *Tu serais mort!*

Une brusque et incontrôlable poussée d'hilarité monta en lui mais s'éteignit immédiatement sur ses lèvres. Oh, comme il aurait aimé rire, rire de tout cela. Rire et oublier. Comme cela aurait été bon.

Il examina le conducteur du véhicule. Aucune apparence d'agressivité.

Une nouvelle pensée, plus troublante, se fraya un chemin dans sa conscience. *C'est une comédie. Il veut me faire croire qu'on veut me tuer pour pouvoir m'emmener avec lui. M'enlever!*

La voix de l'homme aux cheveux gris résonna soudain à l'intérieur de l'auto.

— Je crois qu'ils nous ont repérés.

Stéphane se tourna vers le profil qu'éclairait un faible rayon de lune. L'homme regardait droit devant lui mais de petits mouvements de la tête indiquaient qu'il observait le rétroviseur à intervalles réguliers.

Ne te retourne pas. Si tu évites de regarder, il n'y aura rien. Seulement une route déserte qui disparaîtra derrière toi. Rien d'autre. Si tu ne regardes pas, il n'y aura rien. Seulement une route déserte...

Il tourna la tête.

Derrière, deux feux jaunes crevaient la nuit.

Des milliers de fines aiguilles s'enfoncèrent dans sa nuque. Il eut soudain l'impression que la peau de son crâne allait fendre tant elle semblait tendue. Comme il aurait voulu pleurer à cet instant précis. Les larmes lui auraient fait tant de bien. Mais c'était comme si toutes ses larmes avaient subitement disparu. Il n'y avait plus que cette sensation de la peau de son crâne, comme s'il menaçait à tout instant de s'ouvrir.

Un bruit, puis la voiture accéléra. Stéphane essaya de dire quelque chose, mais une boule amère et dure lui bloquait la gorge. Il passa sa langue sur ses lèvres; autant frotter ensemble deux morceaux de bois.

— Vous croyez qu'on va les semer? parvint-il à dire.

— Peut-être.

La voix de l'homme n'était qu'un chuchotement. Stéphane sentit la boule dans sa gorge devenir plus acide. Il essaya d'avaler, mais sans y parvenir.

Un nouveau coup d'œil vers le rétroviseur. Un petit bruit jaillit de la bouche du conducteur, suivi d'un faible rire.

— L'auto a tourné, expliqua-t-il.

— Ça veut dire qu'on est sauvés?

Nouveau rire, moins discret cette fois.

— Et qu'est-ce qui me dit qu'on était vraiment suivis?

— Cette voiture-là n'était probablement pas après nous, mais je préfère être méfiant. Chose certaine, nos poursuivants n'ont pas l'intention de te laisser partir. Ils ont d'autres moyens.

L'homme ajouta, et Stéphane crut percevoir un tremblement dans sa voix:

— À l'heure qu'il est, ils savent certainement que quelqu'un se trouve avec toi...

Stéphane sentit une main se poser sur son épaule. Il se tassa contre la portière.

— Essaie de dormir, dit l'homme. Nous allons rouler toute la nuit.

Dormir! Qu'est-ce qu'il croyait, cet imbécile? Comment pourrait-il trouver le sommeil *maintenant?*

— J'ai pas envie.

— Libre à toi, mais tu as tort.

Le silence retomba, lourd et sinistre. Stéphane sentit qu'il n'avait pas le choix. Crier qu'il voulait retourner chez sa mère en ne sachant pas vraiment à qui il avait affaire était risqué, se précipiter hors de la voiture à cette vitesse, non, c'était dément. Il n'avait aucune intention d'aller s'ouvrir le crâne sur un tronc d'arbre.

Il devait dire quelque chose, mais il n'avait aucune idée par où commencer. Il lança, à tout hasard, reprenant la formulation de l'inconnu:

— Qu'est-ce que je suis?

— Ce que tu es, Stéphane? Ce que tu es au yeux du Cajjar?

Il fit semblant de comprendre. En fait, il comprenait un peu. Les poursuivants appartenaient à un groupe appelé Cajjar. Cajjar quoi, Cajjar pourquoi, il n'aurait su dire. Tout ce qu'il savait, c'est qu'ils étaient ses ennemis.

— Oui, dit-il. Qu'est-ce que je suis?

— Tu es une clé, Stéphane.

***

Il frissonnait, mais ce n'était pas à cause du froid. Devant eux, la nuit venait sans relâche, pareil à un animal avide. De temps à autre, un lambeau de brume s'enroulait autour de la lumière des phares. Plus rarement, une paire d'yeux lumineux apparaissait, annonçant qu'un autre véhicule venait à leur rencontre.

— As-tu faim?

Stéphane sursauta. Depuis de longues minutes, le ronron régulier du moteur et des pneus sur l'asphalte comblait le silence.

— Il doit rester un sandwich dans le coffre à gants. Et si tu regardes à tes pieds, il y a une bouteille thermos qui contient du café. Il est probablement froid, mais c'est mieux que rien. Tu aimes le café froid?

Même chaud, le café aurait été dégueulasse et le sandwich semblait sorti de la poubelle, mais Stéphane s'en aperçut à peine. Quand il eut terminé son repas, son esprit avait retrouvé un peu d'aplomb.

— Je crois que vous avez des choses à m'expliquer, dit-il en replaçant le bouchon sur la bouteille thermos.

Le conducteur hocha la tête.

— Exact.

Le vieux se tourna vers lui et, pour autant que Stéphane pût en juger dans la chiche lumière que projetait le tableau de bord, le regard de l'homme resta un instant fixé sur lui. Puis il revint se poser sur la route.

— Pose-moi des questions. J'y répondrai du mieux que je le pourrai. En passant, tu peux m'appeler Mel.

— C'est pas votre vrai nom?

— Je n'ai pas dit ça. C'est simplement que tout le monde m'appelle Mel. Alors, c'est Mel pour toi aussi. Clair? Mais tu as sûrement des questions plus urgentes?

Des questions, il y en avait des milliers qui se pressaient sur ses lèvres. Il crut un instant qu'il ne réussirait pas à en formuler une seule tellement cela fourmillait dans sa tête. Puis elle jaillit, toute naturelle, la question qu'il aurait dû poser bien avant:

— Pourquoi dites-vous que je suis une clé?

L'homme eut un petit rire bref.

— J'aurais préféré que tu commences par autre chose. Cela va rendre mes explications plus difficiles à accepter. Bon, tant pis. Commencer là ou ailleurs. De toute façon, ce n'est pas une histoire facile à digérer. La clé, elle est dans ton cerveau. Grâce à celle-ci, tu peux pénétrer dans un lieu particulier. Les gens qui nous poursuivent croyaient avoir seuls accès à cet endroit. Maintenant qu'ils savent que tu es possesseur d'une clé, ils veulent t'éliminer pour empêcher quiconque d'avoir accès à leur monde secret.

— Leur monde secret?

— Tu sais ce que c'est qu'un univers parallèle?

— Ouais, mettons. C'est comme dans une histoire de science-fiction, c'est ça?

— Les membres du Cajjar sont propriétaires d'un petit monde, une sorte d'univers de poche. En temps normal, ils sont seuls à y avoir accès. Le problème, c'est que toi aussi tu peux y accéder. Et cela, ils ne l'acceptent pas. C'est pour cette raison qu'ils doivent t'éliminer.

— Et si je garde le secret?

— Il est hors de question pour eux de courir ce risque. Tu pourrais tomber entre les mains d'un groupe rival qui t'utiliserait pour pénétrer dans leur univers.

— Et c'est ça qui est arrivé, hein? Vous appartenez à ce groupe rival?

Dans la lumière de la lune, un mince sourire apparut sur les lèvres du conducteur.

— C'est en plein cela.

Il ment, pensa Stéphane.

Non, pas exactement un mensonge mais, il n'aurait su dire pourquoi, il était certain que l'homme cachait une partie de la vérité. Il prit simplement note du fait et le classa dans la pile des mystères qui s'accumulaient. La question suivante tomba sans même qu'il y eût réfléchi.

— Et comment avez-vous su que j'étais... que j'avais la clé?

L'homme eut une seconde d'hésitation. *Il prépare un autre mensonge.*

— Je possède une clé semblable dans mon cerveau. La clé est de telle nature qu'elle permet à son possesseur de repérer les autres clés psychiques. C'est comme cela que j'ai appris ton existence. C'est un peu une chance. Si nous n'avions pas vécu dans la même ville, je ne t'aurais sans doute jamais découvert.

— Ça explique pas pourquoi vous m'avez sauvé la vie. Si vous avez la clé, vous aussi, une deuxième est inutile.

Réponds à celle-là, mon bonhomme.

— C'est tout simplement qu'à deux, nous avons une meilleure chance de venir à bout du Cajjar. Il faut les empêcher de mettre leur projet à exécution.

— Et qu'est-ce que c'est, leur projet?

Il n'arriva pas à cacher une touche d'ironie dans le ton de sa voix.

— Tu ne crois pas un mot de ce que je te raconte, n'est-ce pas?

— On peut pas dire que c'est facile à croire.

— Peut-être pas. Mais cela ne change rien au fait que tu as failli perdre la vie il n'y a pas deux heures.

Un frisson courut de nouveau sur sa peau. Le rayon vert sur le poteau... Cela, reconnut Stéphane pour lui-même, aucun mensonge ne pouvait le changer.

— Comment est-ce que je pourrais vous croire? Qu'est-ce qui me dit que vous ne travaillez pas pour eux?

Immédiatement, il se rendit compte du danger que comportait sa question.

— Si je travaillais pour eux, Stéphane, ton cadavre reposerait maintenant au fond d'une ruelle.

Évident, à condition que le reste de l'histoire se tienne aussi. Et cela semblait se tenir. Malgré tout, il n'arrivait toujours pas à croire le personnage. *Qu'est-ce que tu caches, celui que je dois appeler Mel? Qu'est-ce que tu as peur de me dire?*

— Ces Cajjars, qui sont-ils? Des extraterrestres?

— Oh, non. Ce sont des gens comme toi et moi. Ils appartiennent à une société secrète très ancienne, qui remonte au moins au Moyen Âge. Il y a plusieurs siècles, ils ont trouvé accès à ce monde de poche dont je te parlais. Depuis, ils en défendent jalousement l'entrée à quiconque tente d'y pénétrer. Et puis, on ne dit pas «des Cajjars». Ce nom appartient uniquement à l'organisation. Quant à Cajjarti, c'est... le nom de ce monde.

— Il y en a beaucoup d'autres comme nous et eux?

Silence.

— Qu'est-ce que tu veux dire? fit Mel.

— Ceux qui ont une clé pour y entrer.

— Ah! Le problème des membres du Cajjar, vois-tu, c'est qu'ils n'ont pas exactement une clé mentale comme toi... et moi. Ils y accèdent par des moyens physiques.

Stéphane nota qu'il avait hésité avant d'ajouter «et moi». Que fallait-il comprendre? Un autre mensonge? Se pouvait-il que Mel n'ait pas vraiment le moyen de pénétrer dans ce monde mystérieux? Cela pouvait expliquer pourquoi lui, Stéphane, se trouvait maintenant dans une automobile filant dans une direction inconnue; Mel avait besoin de lui pour ouvrir une porte. S'il s'agissait vraiment d'une porte...

D'un autre côté, peut-être voyait-il trop de choses dans une simple hésitation. L'homme devait être épuisé après tous ces événements. La fatigue fait faire bien des choses. Alors, une hésitation, cela ne voulait pas dire grand-chose.

— Est-ce que vous savez où nous allons? fit Stéphane.

— Oui. Je connais un bon refuge.

— Une cachette? Qu'est-ce qui vous dit que les Cajj... les gens du Cajjar ne la connaissent pas déjà?

— Oh, ils la connaissent certainement. Mais, pour l'instant, la meilleure cachette est celle qu'ils ne soupçonneront pas immédiatement.

— Ça veut dire quoi, ça?

— Dans l'univers de poche lui-même.

***

Ils s'arrêtèrent quelques minutes à un minuscule comptoir routier pour se ravitailler en sandwiches et en café. Le préposé, un garçon aux yeux vitreux qui ne semblait pas tellement plus âgé que Stéphane, abandonna la lecture de son *Archie* et les salua avec effusion. Il paraissait heureux d'avoir de la compagnie. Les nuits devaient être longues dans cet endroit désert. Malheureusement pour lui, la conversation n'alla pas plus loin qu'une brève commande. À la demande de Stéphane, Mel acheta quelques tablettes de chocolat en commentant sèchement que ce n'était pas «une si mauvaise idée».

Par la fenêtre, Stéphane vit qu'à l'est le ciel pâlissait légèrement. Le jour allait bientôt se lever. Enfin.

— Il faut que je téléphone à ma mère, dit Stéphane quand ils eurent payé. Elle doit se ronger les sangs. J'avais dit que je reviendrais avant minuit.

Mel secoua lentement la tête.

— J'aimerais bien, mais c'est impossible. Il y a une petite chance qu'ils n'aient pas encore retrouvé notre trace. Si tu loges un appel à un endroit qu'ils connaissent, cette chance disparaît immédiatement.

Tant pis, pensa Stéphane. *Un gars s'essaye.*

Il songea un instant à écrire quelque chose sur une serviette ou un emballage de chocolat, n'importe quoi, un S.O.S., et le laisser sur le comptoir en espérant que le vieux ne voit rien. Mais l'idée s'évanouit rapidement, vide de sens, pour être remplacée par une autre.

— Est-ce que... ma mère est en danger?

— Ça m'étonnerait. Ils font tout pour éviter la publicité, tu sais.

— Cela ne les a pas empêcher d'essayer de me tuer en public.

— D'après moi, pour agir ainsi, ils doivent être désespérés. Allez, on y va!

Ils reprirent leur route. Le temps coulait, interminable. Mel était silencieux la plupart du temps, l'air troublé. Parfois il regardait vers le ciel.

L'est devint bientôt lumineux et Stéphane comprit que le jour se levait.

— Je crois que nous avons de la compagnie, dit Mel.

Par réflexe, le garçon tourna la tête mais, derrière eux, la route était déserte.

— Un avion, fit laconiquement son compagnon.

Stéphane baissa la vitre. Le bruit d'un moteur s'ajouta immédiatement à celui de l'air qui s'engouffrait dans l'auto. Presque tout de suite, il vit le petit appareil volant au-dessus des montagnes.

— Qu'est-ce qui vous dit que ce sont eux? demanda-t-il.

— Ils nous suivent depuis une demi-heure.

— Alors, c'est foutu! Ils savent où nous allons.

— Non. Tout ce qu'ils savent, c'est que nous sommes dans l'auto.

— Qu'est-ce que ça change? Aussitôt que nous nous arrêterons, ils communiqueront avec leurs copains et ils fouilleront toute la région.

Mel eut un sourire.

— Pour ça, oui, ils vont fouiller. Mais ils n'ont aucune chance de trouver notre cachette.

— Ils doivent bien se douter de quelque chose, quand même! Si l'entrée de... l'univers est dans le coin, il faudrait qu'ils soient pas mal cons pour ne pas comprendre.

— Ce n'est pas aussi simple. L'univers de poche n'est pas à proprement parler ici. Seule notre entrée l'est.

— Mais c'est la même chose!

Le conducteur secoua la tête.

— Nous y sommes presque. Plus que quelques minutes.

La vieille peur revint caresser la peau de Stéphane. Rien n'allait plus. La route était déserte — ils n'avait pas croisé d'auto depuis au moins une heure —, un endroit rêvé pour... Une pensée désagréable l'effleura.

Levant les yeux vers le ciel, il chercha l'avion du regard. Il ne pouvait nier l'accident et le rayon vert. On avait tenté de le tuer et, bien qu'il entretenait toujours un doute sur les propos de Mel, il ressentait fortement sa présence comme une protection et commençait à entrer dans sa folie, paranoïa ou pas.

Stéphane était à peu près sûr que les occupants de l'appareil le recherchaient, mais était-ce bien pour les raisons évoquées par Mel? Et pourquoi pas simplement la police? Qu'est-ce qui lui disait que, loin d'être ses ennemis, les gens de l'avion ne représentaient pas sa dernière chance d'éviter le pire?

L'auto ralentit et vira dans un petit chemin de terre battue. L'avion disparut, caché par la frondaison des arbres, et avec lui le dernier espoir qu'entretenait Stéphane d'être sauvé.

Non. Il lui restait une chance, une chance minuscule. Sur le chemin étroit et accidenté, l'auto avançait à allure réduite. Il pourrait ouvrir la portière et se précipiter à l'extérieur sans courir trop de risque de se casser quelque chose. Ensuite, en piquant un bon sprint, il pourrait peut-être distancer son poursuivant. Et les broussailles lui fourniraient des cachettes sans nombre. *Avec un peu de chance...*

Il vérifia s'il n'avait pas verrouillé la portière. Non, bien sûr. Il ne le faisait jamais. Sa mère ne possédait pas d'automobile; le besoin ou la contrainte ne s'étaient jamais fait sentir. La ceinture de sécurité maintenant. C'était l'aspect le plus difficile de l'entreprise. Mel ne manquerait pas de voir le mouvement de sa main aussitôt qu'il esquisserait son geste.

Un coup d'œil rapide dans la direction du chauffeur. Mel paraissait concentré sur sa conduite. Bon, il ne prêterait pas attention à ce que Stéphane pourrait faire, à condition d'y aller avec discrétion. À moins de ne rien dissimuler. Agir comme si c'était un geste tout naturel.

— C'est encore loin? demanda-t-il.

Il sentit une goutte de sueur descendre le long de sa tempe.

— Dix minutes, pas plus.

— Alors je n'ai plus besoin de m'attacher, dit-il en faisant jouer le mécanisme de la ceinture.

— Remets ça! laissa tomber Mel sans quitter la route des yeux. Tu veux aller te fendre le front contre le pare-brise? Allez, je n'ai pas fait tout ce chemin pour rien.

La dernière phrase sonna comme un avertissement dans l'esprit de Stéphane. Sans plus attendre, il ouvrit la portière et sauta.

Le sol le reçut durement. Il roula sur lui-même, se remit sur pieds et se précipita droit devant lui au travers des broussailles.

— Stéphane! Reviens! Mais qu'est-ce que tu fais, pour l'amour?

Je cours, pensait Stéphane, *je cours.*

Il n'avait pas fait cent pas qu'une main à la poigne solide s'abattait sur son épaule. Il tenta de résister, lançant pied et poing au jugé, mordant ce qui se présentait, mais sans le moindre effet sur son poursuivant. Le vieil homme absorbait les coups comme s'il ne ressentait rien. Finalement, épuisé et hors d'haleine, Stéphane abandonna le combat. Il revint à l'auto d'un pas lent pendant que la main de fer de Mel comprimait douloureusement son épaule.

— Je ne te demanderai pas ce qui t'a pris, dit celui-ci quand ils eurent repris place dans le véhicule. Je sais ce que tu as pensé. Tout ce que je veux te dire, c'est que tu dois me faire confiance. Je sais que c'est difficile, mais...

Encore quelques minutes seulement et tu seras fixé. Tu constateras par toi-même que je ne t'ai pas menti, que tout ce que je t'ai dit est vrai.

Stéphane ne répondit pas. Il n'entendait plus. Il n'y avait rien à répondre, rien qui valût la peine d'être dit. Le combat était terminé. Comme un imbécile, il s'était livré pieds et poings liés à son agresseur. Et il sut en même temps qu'il n'avait jamais posé les bonnes questions.

L'auto redémarra.

Stéphane ne fit rien pour retenir ses larmes.

***

Ils se trouvaient debout au milieu d'une petite clairière. Devant eux, entre deux arbres, une éminence affleurait légèrement du sol de la forêt.

— C'est ici, fit Mel pour tout commentaire.

Il fit signe à Stéphane de le suivre. Comme un zombie, le garçon lui emboîta le pas. Toute résistance l'avait abandonné. Quand ils furent sur la butte, l'homme débarrassa cette dernière des feuilles qui la recouvraient. Tracés à la peinture rouge, quelques signes cabalistiques apparurent sur une surface rocheuse.

— C'est l'entrée. C'est ici que nous pouvons pénétrer. À toi l'honneur.

Stéphane le regarda comme s'il ne comprenait pas les mots qui venaient d'être prononcés.

— Tu es la clé, Stéphane. À toi d'ouvrir.

Il s'entendit dire:

— Comment?

— Tu n'as qu'à te concentrer sur les symboles et à souhaiter. Le passage se fera automatiquement.

— Souhaiter quoi?

— Souhaiter être ailleurs. C'est comme tourner la clé dans une serrure. Le mouvement de la main est nécessaire, mais c'est la clé elle-même qui fait le travail.

Stéphane eut envie de rire et de pleurer en même temps. Puis il prit conscience que rien ne ressemblait à ce qu'il redoutait. Mel l'observait en silence, les mains dans les poches. Un vague sourire flottait sur ses lèvres. Rien de menaçant dans son attitude, rien qui révélât quelque mauvaise intention que ce soit. *Voilà*, pensa-t-il. *Maintenant, il va me dire que ce tout cela n'était qu'une blague.*

Non. Absurde. Il n'arrivait pas à en croire un mot.

— Alors? fit Mel.

— Qu'est-ce qu'il faut que je fasse?

— Je te l'ai dit: souhaite être ailleurs.

Stéphane soupira. Le jeu n'était pas terminé. Il leva les yeux en direction d'un ciel bleu qu'il devinait entre les branches. Pas de trace d'avion. Pas davantage de bruit de moteur. De toute évidence on avait abandonné les recherches. Malgré cela, il n'arrivait pas à perdre espoir. C'était comme si toute la situation avait changé.

Être ailleurs. Oui, comme il le souhaitait, comme il aurait aimé être loin de tout, loin de cette forêt sinistre, loin de Mel et de son mystère, loin de la menace qu'il percevait encore, faible mais toujours présente, juste sous la surface des choses, prête à renaître.

— Fais-le, dit Mel, la main sur son épaule.

Mais cette fois, la main était légère. La main d'un ami.

Stéphane pencha la tête vers les signes qui ornaient la surface de la pierre. Se concentra. Souhaita être ailleurs.

Et il fut ailleurs.

4

Le jardin et son Jardinier

La forêt avait disparu.

Pour faire place à un monde d'or et de pourpre.

C'était comme ces paysages merveilleux créés par la lumière du soleil couchant au travers des nuages. Des côtes étranges qui se dressaient dans ces mers d'or et de bleu, des caps lumineux et invitants, des baies célestes et mystérieuses, tous ces pays de mystère et de désir, à jamais inaccessibles...

Plus jeune, Stéphane avait souvent vu de ces couchers de soleil. Ici, c'était le ciel tout entier qui ressemblait à ce rêve.

Au-dessus de sa tête, une chose éblouissante et minuscule éclairait le monde d'une lumière ambrée. Cela ne ressemblait pas le moins du monde au soleil qu'il connaissait. L'effet général était celui d'une fin d'après-midi. À cette différence près que le ciel était fou.

Telle fut la première impression de Stéphane. Bientôt le vertige le saisit et il dut baisser les yeux. Cela lui permit de voir un peu mieux où il se trouvait.

Les environs immédiats étaient beaucoup plus prosaïques que le ciel: ce n'était guère qu'une vaste plaine couverte d'une herbe pâle et clairsemée. Au loin, une série de collines ondulait mollement sur l'horizon.

L'ensemble baignait dans une vague mais persistante teinte de rouge. L'effet sur le moral, Stéphane s'en aperçut bien assez tôt, était étonnant et déprimant à la fois.

Sur sa gauche, il remarqua une masse de pierre chaotique formant un ensemble d'apparence curieuse, comme des ruines.

L'ensemble était si banal, si familier, qu'il fallut un instant à Stéphane pour réagir à l'étrangeté de sa situation. Il était *ailleurs!*

Il trouva le regard inquisiteur de Mel posé sur lui.

— Alors? fit Mel. On est convaincu maintenant?

Ébahi, Stéphane choisit de ne pas répondre. Il fallait se raccrocher au réel, et vite! Plusieurs choses pouvaient expliquer ce qui venait d'arriver. Avait-il été drogué et ensuite transporté à l'endroit où il se trouvait maintenant? Peut-être. Pourtant, il ne ressentait aucune sensation résiduelle pouvant lui faire croire qu'il avait absorbé une quelconque substance. Évidemment, cela ne voulait rien dire. Il existait sans doute des drogues qui ne laissaient aucun effet secondaire. Une autre hypothèse se fraya un chemin dans son esprit: Mel l'avait hypnotisé. Oui! et il se trouvait maintenant sous l'effet de ses suggestions. Tout cela n'était qu'une illusion, un faux-semblant de réalité. Pour l'instant, donc, ne pas croire. Il devait réserver son jugement.

D'un mouvement vague, le vieil homme indiqua l'amas rocheux que Stéphane avait remarqué en arrivant.

— Notre cachette, dit-il.

Soudain, un bruit ronflant rompit le silence. Stéphane leva les yeux au ciel dans l'espoir absurde de revoir l'avion qu'il avait aperçu auparavant; le bruit avait, en effet, quelque chose de mécanique. Immédiatement, une main lourde le plaqua au sol.

Couché comme il l'était, le nez dans l'herbe, sa vision était assez restreinte, mais suffisante pour lui permettre de distinguer un point sombre se mouvant sur la ligne d'horizon. Du coup, il identifia la provenance du bruit.

Il fallut un certain temps à Stéphane pour comprendre ce que voyaient ses yeux. Cela avait quelque chose d'organique, d'animal, même dans le mouvement — une sorte de reptation en trois dimensions —, mais il était clair que c'était aussi un véhicule, car il distinguait clairement les fines silhouettes de quelques hommes sur le dos de l'*animal*.

Stéphane sentit un mouvement près de son épaule.

— Baisse-toi! chuchota Mel, comme s'il craignait d'être entendu. Je suis sûr que les gens du Cajjar ne sont pas au courant de notre présence ici, mais mieux vaut ne pas prendre de risque. Il ne faut pas qu'ils nous voient. Fais comme moi.

Et il se mit à ramper avec énergie en direction de l'amas rocheux.

Rampant et tremblant, les tripes nouées à la fois par son désir de fuir et par la crainte de l'inconnu, Stéphane suivit son compagnon avec résignation. À mesure qu'ils approchaient des amas rocheux, il se rendit compte que sa première impression avait été la bonne; ils se trouvaient effectivement en présence de ruines. Une arche écroulée et deux ou trois restes d'ouvertures percées dans les murs témoignaient que l'endroit avait jadis été une habitation.

Ils passèrent par ce qui devait avoir été l'entrée de l'édifice et purent enfin se redresser. Mel jeta un coup d'œil prudent par l'une des fenêtres. Son examen dut le satisfaire, car il hocha la tête et fit signe à Stéphane de le suivre.

Ils contournèrent les vestiges d'une fontaine dont la vasque n'avait certainement pas vu d'eau depuis longtemps. Entre deux éboulis, un escalier délabré apparut, s'enfonçant dans le sol. Les marches visibles étaient saupoudrées de terre et de brindilles.

Mel lui signala de passer le premier. Stéphane fit quelques pas hésitants, puis s'arrêta; les premières marches étaient bien visibles dans la lumière du jour, mais les suivantes disparaissaient dans le noir.

— C'est moins profond que tu ne le crois, dit la voix derrière lui. N'oublie pas de garder la tête baissée.

La grande terreur revint, plus forte que jamais.

Ça y est! Je suis foutu.

Immédiatement, une lumière vacillante apparut et éclaira le bas des marches. Stéphane se retourna. Mel descendait à son tour, tenant un briquet à bout de bras.

Et, le plus naturellement du monde, il passa devant lui, tenant toujours le briquet à bonne hauteur. Pour s'arrêter quatre marches plus bas et dire:

— C'est mieux comme ça?

Stéphane passa confusément de la peur au soulagement.

— Oui.

— Bon, alors laisse-moi te guider. Et souviens-toi: la tête!

Ils suivirent ainsi un étroit tunnel, l'un derrière l'autre, à la lumière intermittente du briquet. L'humidité commença à se faire sentir et Stéphane réprima un frisson.

— On est rendus, commenta Mel en s'arrêtant.

Stéphane fit halte à son tour et regarda autour de lui. Dans la lumière jaune du briquet, il vit que le tunnel s'élargissait pour finalement se terminer en cul-de-sac. La vieille peur jaillit de son ventre et se répandit dans tout son corps. Il se tassa contre le mur froid et attendit la suite.

Mel tâta le mur de la paume de sa main. Ses doigts s'enfoncèrent lentement dans la pierre.

Stéphane écarquilla les yeux de surprise. Il crut avoir mal vu à cause de la pauvreté de l'éclairage. Mais, bientôt, le reste de la main disparut, suivi de l'avant-bras.

— Tout a l'air parfait, dit Mel en retirant son bras. Je crois qu'on peut y aller. Si tu as peur, tu n'as qu'à fermer les yeux et à retenir ton souffle. Tu ne sentiras rien. Regarde.

Mel appuya son flanc contre le mur. Brusquement, Stéphane ne vit plus que la moitié de son compagnon, comme si l'autre moitié avait été absorbée par la pierre. Ensuite, il n'eut pas le temps de juger de ce qui se préparait. La main encore visible le saisit et l'entraîna dans le mur.

Un cri resta pris au fond de sa gorge.

***

Stéphane ouvrit les yeux et vit une pièce spacieuse, meublée de bric et de broc, où tout semblait recouvert d'une épaisse couche de poussière. Il regarda derrière lui. Le mur par lequel il était entré ne portait pas la moindre marque de son passage.

J'avais raison. Je ne suis pas dans mon état normal. Ces choses-là ne se peuvent pas. Il n'y a que dans les histoires de fantômes qu'on traverse les murs. Pas dans la vraie vie.

Mel l'observait d'un air amusé.

— Pour ta satisfaction d'esprit, tu n'as pas traversé de mur. Ce mur-là n'existe pas. Tu sais ce que c'est, une projection holographique?

Stéphane fit signe que oui.

— Alors, c'est presque ça. C'est pour éviter que les curieux ne viennent dans mon refuge. Mais si quelqu'un avait l'idée d'appuyer sur une section particulière de ce mur, ma petite ruse serait découverte tout de suite.

— Je croyais que ça n'existait que dans les films, ces trucs.

L'instant d'après, il découvrait la table et les chaises.

Il n'avait rien remarqué en pénétrant dans la pièce, trop préoccupé par le miracle qui venait de s'accomplir. Puis, quand il dut s'asseoir, le caractère particulier des meubles lui sauta au visage.

Ils n'avaient pas de pattes.

Stéphane avait fait assez de physique pour savoir que ce qu'il voyait était impossible. Aucune loi scientifique ne permettait d'envisager une chose pareille. Et pourtant, c'était là, une table et des chaises sans pattes, flottant dans le vide.

Flotter n'était pas le terme exact, il s'en rendit compte immédiatement. Les sièges semblaient se «fixer» quand on y prenait place, mais se déplaçaient avec facilité dès qu'on se levait ou qu'on exerçait moins de pression. La table, pour sa part, était d'une solidité à toute épreuve.

— Vieille technologie, se contenta d'expliquer Mel.

— Comme le véhicule que j'ai vu là-haut?

— C'est ça.

— Est-ce que la vieille technologie a aussi produit des armes à rayon vert?

Mel haussa les épaules.

— Ce n'est pas ma première crainte. Les gens du Cajjar sont bien organisés et astucieux, mais, ce qui importe, c'est qu'ils ne disposent pas d'une technologie suffisante pour détecter les transferts énergétiques que suppose une création comme cet endroit. Il en est de même du chemin qui nous y conduit. Je crois que nous sommes en sécurité ici et que nous le resterons encore pendant plusieurs jours. Quant aux armes... Non, il n'y a pas vraiment d'armes. Celles dont font usage les gens du Cajjar sont le résultat d'un développement récent.

Stéphane repensa au rayon vert qui avait failli le happer, là-bas, dans l'autre monde. Si c'était là un exemple de développement récent, cela augurait assez mal pour l'avenir.

— Nous allons demeurer ici plusieurs jours?

— Le temps nécessaire pour être sûrs que nous sommes couverts, et ainsi nous pourrons accomplir notre mission.

Notre mission!

Brusquement, ce fut trop. Quelque chose éclata en Stéphane, un gigantesque volcan, et il se mit à trembler comme une terre en colère. C'était tout simplement trop de choses à la fois. Comme s'il n'avait manqué que cette information pour tout faire basculer. Il sentit le rouge lui monter au visage. Il pouvait être toutes les clés du monde, et même celles du paradis, pourquoi pas, mais à cet instant précis, plus rien ne pouvait tenir.

Il bondit sur Mel en hurlant des phrases sans même y penser.

— Non, ça ne va pas! Je ne marche pas du tout. Et ma mère, escrime? Qu'est-ce qu'elle va penser, ma mère? Je ne peux pas disparaître comme ça sans l'avertir. Elle doit être morte d'inquiétude à l'heure qu'il est. Je ne peux pas rester ici. Laissez-moi partir!

Il ne fut pas difficile pour Mel de le maintenir et de l'immobiliser. Plus Stéphane se démenait pour se défaire de son emprise et plus cela faisait mal. Il cria tout son saoul. Le volcan se transforma lentement et se mit à ressembler à une immense chute d'eau, avec lui se noyant dedans. Il hurlait et pleurait comme un bébé. Finalement, ses nerfs se détendirent et Mel le relâcha.

— C'est une question de temps, Stéphane, dit-il d'une voix calme. Nous devons profiter de l'avantage que nous fournit l'effet de surprise.

Il crut qu'il avait mal entendu.

— Effet de surprise pour qui? Qui ça, *nous*? Qu'est-ce qu'on fait ici? Vous m'avez drogué? Hypnotisé? Pourquoi?

— Je t'explique: je ne suis pas ton ennemi. Je t'ai sauvé la vie une fois, rappelle-toi. Et il y avait cet avion qui nous suivait.

— Ça marche pas, non? Si l'avion qui nous a survolés appartient au Cajjar, mes ennemis comme vous dites, ils savent où nous sommes rendus. Bel effet de surprise, ouais! C'est bien évident qu'ils vont tout faire pour mettre la main sur nous.

— Peut-être, mais il faut être ici.

— Il faut, il faut! Et pourquoi?

— Nous sommes engagés, toi et moi, dans un combat sans merci et le temps presse. Du moins dans ce monde. Dans le tien, il n'y a pas d'urgence. Le temps ne s'écoule pas à la même vitesse ici et chez toi. Deux semaines à Cajjarti correspondent à environ deux jours dans ton univers. Pour ta mère, il n'y aura eu que deux jours d'absence. Je reconnais que c'est lui faire tort, mais... Il faut réveiller le Dormeur, poursuivit-il (comme si cela expliquait quelque chose). Son réveil devait avoir lieu il y a cinquante siècles. Si nous n'avons pas réussi dans une semaine, il sera peut-être trop tard. Il y a trop de signes qui ne trompent pas.

Stéphane n'arrivait pas à se défaire de l'impression que le vieil homme disait la vérité. Lui donner une chance de s'expliquer? Une dernière... La dernière.

— Si vous commenciez l'histoire par le commencement? fit-il.

***

Au commencement était le Maître. En ce temps-là, le Maître avait quitté un système stellaire pour se rendre dans un autre, à la recherche de la Variété, recherche toujours déçue mais que le Maître poursuivait depuis bientôt soixante millions d'années. Sans se lasser.

En apparence seulement, car cela n'était plus exact depuis quelques millions d'années. Une certaine lassitude s'était emparée du Maître et il ne vivait plus que pour son dernier projet, le sommeil de la connaissance pure. Parmi ceux de son espèce, nombreux étaient ceux qui optaient pour cette solution. Pendant son sommeil biologique, le cerveau était tout occupé à des recherches sans nombre et passionnantes.

Il avait déjà trouvé son terrain d'installation, la planète de Stéphane, la Terre (une planète en vaut une autre). Avant l'opération finale qui allait le plonger dans le sommeil de la connaissance, il avait créé, dernier caprice, le merveilleux univers de poche qu'on appelle Cajjarti, le Jardin Suprême. Il l'avait équipé pour qu'à son réveil il pût jouir de toutes les joies de l'univers matériel retrouvé, si un jour la fantaisie lui prenait de renouer contact avec le monde matériel.

Et depuis quatre millions d'années, il dormait et il faisait avancer sa science.

Entre-temps, par des moyens obscurs, un groupe de Terriens avait trouvé le chemin de cet univers et s'y était installé. Maintenant, plus de quatre mille personnes transitaient quotidiennement entre la Terre et Cajjarti.

Tout ce bruit et ce remue-ménage ne suffirent pas à distraire le Maître de ses recherches, tant celles-ci occupaient la totalité de ses pensées.

Mais aujourd'hui, l'heure était grave.

***

Pour peu, Stéphane aurait éclaté de rire. Comment prendre au sérieux une histoire pareille? Et pourtant, il ne pouvait nier ce qui s'était passé avant. *Je suis quand même passé dans un autre univers, escrime!*

C'était cela qui l'ébranlait, qui rendait tout possible. Il était tombé dans une histoire fantastique où tout pouvait arriver, selon une logique mystérieuse et troublante. Et cela, il ne pouvait le nier, avait quelque chose d'incroyablement exaltant. En ce moment, Mel aurait pu lui raconter une histoire d'éléphant volant ou de princesse des étoiles, il aurait tout avalé, ligne et appât.

Je crois ce qu'il dit, songeait-il, incrédule. *Je crois cette histoire de demi-dieu venu du fond de l'univers.*

— Il y des choses que je ne comprends pas.

Mel l'observa sans un mot.

— Les gens de ce groupe, poursuivit Stéphane, savent qui je suis, ils savent qui vous êtes, et ils savent que nous sommes parvenus à entrer dans l'univers du Dormeur. Ils savent aussi que vous voulez réveiller le Dormeur. Alors, comment pouvez-vous vous imaginer qu'ils ne vous tendent pas de piège à cet instant même?

— Oh, mais je suis persuadé qu'en ce moment même ils sont en train de me concocter un piège à leur façon. Il y a seulement un petit détail incorrect dans ton analyse, Stéphane.

La réalité est qu'ils n'ont aucune idée de mes intentions.

— Voyons, ça n'a pas de sens!

— Les gens du Cajjar sont persuadés que je veux leur enlever leur clé physique. Toute ma stratégie repose sur cette mauvaise estimation de la situation.

— Pourquoi est-ce qu'ils craindraient une chose pareille? Vous voulez dire qu'il n'en existe qu'une seule?

— Une seule. Et ils sont incapables de la dupliquer. Alors, tu comprendras qu'ils ont intérêt à ne pas la perdre. Et, crois-moi, elle est en sécurité. Ils ne peuvent pas se permettre de la perdre parce qu'ils perdraient du même coup accès à l'univers du Vénérable Dormeur. Remarque: s'ils connaissaient mes intentions véritables, ils feraient l'impossible pour m'en empêcher, parce qu'ils auraient tout autant à perdre au réveil du Maître. Vois-tu, Stéphane, les gens du Cajjar ont une raison vitale de conserver ce monde. C'est leur seul refuge en cas de conflit nucléaire.

Stéphane releva un sourcil.

— Sérieux? Je ne suis pas un spécialiste en politique internationale, mais j'ai l'impression que le danger d'une guerre atomique n'est plus ce qu'il était. Ma mère me disait que lorsqu'elle était jeune...

— Pas pour le Cajjar. Ils sont d'avis au contraire qu'un tel événement est parfaitement possible.

Mel secoua la tête, l'air triste.

— Tu vois, Stéphane, le Cajjar est persuadé qu'il doit réaliser une prophétie très ancienne qui est à l'origine de l'organisation. D'après cette prophétie, l'humanité disparaîtra presque totalement à l'exception de quelques élus qui repeupleront le monde. Ces élus, ce sont les gens du Cajjar, évidemment. Or, depuis quelques décennies, il leur semble que les conditions sont réunies pour un tel événement. Le danger ne viendrait pas des grandes puissances comme les États-Unis, la Russie ou la Chine. Leurs dirigeants sont parfaitement conscients qu'un conflit nucléaire conduirait directement à la fin du monde même s'ils exercent entre eux une sorte de chantage. Mais le danger réel viendrait de certaines puissances mineures qui croient qu'un conflit limité pourraient servir leurs intérêts. C'est une erreur, bien sûr, mais... En attendant, le Cajjar est persuadé que la prophétie est sur le point de se réaliser. Je les soupçonne même de vouloir donner un coup de pouce.

— Ils sont dingues, ou quoi?

— Plusieurs groupes religieux entretiennent des rapports très malsains avec la fin du monde.

— Je comprends, dit Stéphane. Les gens du Cajjar sont humains et, s'ils le peuvent, ils laisseront la fin du monde aux autres.

— C'est exactement cela, dit Mel.

— Je ne suis pas d'accord avec ça, dit Stéphane après une seconde. Pourquoi est-ce qu'ils seraient les seuls à pouvoir se réfugier ici?

— C'est précisément ce que nous voulons éviter, Stéphane. Guerre nucléaire ou non, Cajjarti doit appartenir à tous... ou à personne.

***

Au début, ce ne fut qu'une vague irritation à la surface de son esprit. Puis, peu à peu, il prit conscience qu'il s'agissait d'un bruit.

Stéphane s'éveilla. Dans l'obscurité du refuge, le bruit, pourtant lointain, lourd et mécanique, faisait légèrement vibrer les murs.

Il se redressa et resta un instant appuyé sur un coude. Un coup d'œil en direction du lit de son compagnon ne lui révéla aucun signe que celui-ci fût éveillé.

Il se mit sur ses pieds, tenta de s'orienter dans l'épaisse obscurité. À quelques mètres sur la gauche devait se trouver le mur permettant d'accéder au refuge. Si ses souvenirs ne le trompaient pas, il n'y avait entre lui et le mur que la table et ses deux chaises.

Il avança avec précaution. Ses mains rencontrèrent bientôt un des coins de la table. Une nouvelle exploration lui révéla la présence d'une chaise; elle s'éloigna doucement sous la pression de sa main. Quelques pas prudents, les mains étendues devant lui, l'amenèrent au faux mur.

Le bruit semblait se rapprocher.

Il hésita. Ne valait-il pas mieux réveiller Mel? Lui saurait sans doute de quoi il s'agissait, s'il y avait du danger ou non.

Mais un mélange de curiosité et de crainte l'emporta sur le bon sens et, quelques secondes plus tard, il se retrouvait entre les parois du corridor menant aux ruines.

Une dernière fois, il hésita. Ce qu'il était en train de faire n'avait aucun sens. Que savait-il de ce qui l'attendait au bout du couloir?

Au même moment, il lui sembla que le bruit diminuait légèrement. Un temps d'attente confirma son impression. Il pressa le pas, sans oublier de bien pencher sa tête.

Attention aux marches.

Trop tard! Son pied rencontra un obstacle et il bascula en avant, entraîné par sa masse. Il se reçut sur ses mains mais son front heurta légèrement l'angle d'une pierre. Étouffant un juron, il se remit debout et poursuivit son ascension si malencontreusement commencée.

Même atténué, le bruit était maintenant omniprésent.

Une brise douce et fraîche souffla contre sa joue. L'air libre!

L'obscurité était aussi totale qu'à l'intérieur du refuge. Pas de trace de lune, pas une étoile. Il soupira. De son trajet à travers les ruines, il ne gardait qu'un souvenir confus. Il fut de nouveau tenté de rebrousser chemin quand, soudain, il vit les points de lumière danser dans la nuit.

Moitié à quatre pattes, moitié debout, Stéphane avança sur la terre sèche. À quelques reprises, ses mains et ses genoux rencontrèrent des obstacles et plus d'une fois il dut se contrôler pour ne pas hurler de douleur. Mais ses yeux étaient fixés sur les mystérieuses lumières et, pour rien au monde, il n'aurait voulu les voir disparaître.

Il ne faisait maintenant plus de doute que ce qui produisait les lumières était aussi responsable du bruit.

Peu à peu, sur le fond noir du ciel, il devina une structure. Mais c'était trop informe, trop peu symétrique pour qu'il pût être sûr de quoi que ce soit. Chose certaine, c'était gigantesque!

La chose immense s'éloignait. En même temps, le bruit s'atténuait.

Bientôt, quand l'objet se fut presque évanoui dans l'obscurité (ou derrière une dénivellation de terrain), Stéphane garda l'image d'un étrange arbre de Noël perdu dans la nuit.

***

Stéphane raconta brièvement sa découverte nocturne.

— Tu as vu le Jardinier, dit Mel avant de porter une tasse de café fumant à sa bouche.

— Si c'était un jardinier, il était sacrément gros.

Mel sourit.

— Eh, c'est qu'il a un sacrément gros jardin à entretenir, le pauvre.

— Sans blague, dit Stéphane un peu excédé. Qu'est-ce que c'était?

— Exactement ce que je t'ai dit. Le Jardinier s'occupe de l'entretien de l'univers. C'est un agent environnemental. Il a été programmé pour cette tâche et il l'accomplit, jour et nuit, sans relâche.

— Programmé? C'est une machine?

— Une machine agricole, si tu veux. Quand tu le verras en plein jour, tu n'en seras pas moins impressionné, crois-moi. Cette machine-là est de la taille d'un édifice de trente étages. Et malgré tout, il ne fournit plus à la tâche.

— Peut-être qu'il en faudrait plusieurs? suggéra Stéphane.

— Il faudrait surtout que le Maître reprenne les choses en mains. Dans un système clos — et Cajjarti *est* un système clos — soixante millions d'années est une très longue période. Depuis déjà longtemps, c'est l'écologie tout entière de ce monde qui est en pleine régression. On ne le dirait pas, mais jadis toute cette plaine était couverte de milliers d'espèces de fleurs. C'était un spectacle incroyable, dit-on.

«C'est le travail du Jardinier de s'occuper de l'entretien. Mais il ne peut que maintenir et corriger des détails. Il est incapable de la reprogrammation totale que tout cela nécessiterait. Ça, seul le Dormeur le peut. Et c'est aussi pour cette raison qu'il faut le tirer de son sommeil.»

Les explications de la veille lui revinrent en mémoire. Le Maître... Cette mystérieuse présence qui depuis des millénaires, non, des millions d'années, reposait dans sa crypte à l'abri des regards. Et Mel disait savoir où il se trouvait. Plus encore que la journée précédente, toute cette histoire semblait relever de la plus pure fantaisie.

— Et j'ai l'intention d'utiliser les talents du Jardinier pour nous aider dans notre tâche.

— Comment ça? dit Stéphane en observant la curieuse purée grise que Mel venait de lui servir. Il n'avait pas encore eu le cœur de la porter à sa bouche. Ce n'était pas l'odeur qui l'incommodait — il n'en percevait aucune —, mais c'était précisément cette absence d'odeur qui rendait la nourriture suspecte. Mel l'avait préparée à partir d'une poudre mêlée d'eau. Aucune autre préparation n'avait semblé nécessaire, aucun condiment n'avait été ajouté. Le résultat n'était guère appétissant mais apparemment sans danger; Mel en avait absorbé un plein bol.

— Nous aurons besoin du Jardinier pour créer un diversion, répondit le vieil homme.

Tel qu'il l'expliqua à Stéphane, le plan de Mel était simple. Le tout reposait sur leur capacité à ne pas révéler leur présence. La chose devrait être facile dans la mesure où ils pourraient avoir accès au caveau du Dormeur par l'intermédiaire d'un passage inconnu du Cajjar. Ensuite, de l'avis de Mel, tout se déroulerait sans problème.

— Comment pouvez-vous être sûr que le Cajjar ne connaît pas l'existence de ce passage?

— Je n'ai aucune façon de le savoir avec certitude. Disons que c'est dans les mains du destin.

Stéphane souhaita que le destin eût les mains larges.

Très larges.

5

Nouvelles questions

Dans le jeu d'ombres et de gris terne de leur abri, Stéphane observait le vieil homme (qui ne paraissait plus si âgé maintenant, au point que le garçon se demandait pourquoi il lui avait jamais trouvé l'air vieux). Mel s'affairait à remplir un sac d'effets divers. De temps en temps, il relevait la tête, regardait en direction de Stéphane et un vague sourire flottait sur ses lèvres. Puis, sans rien dire, il reprenait son travail en examinant attentivement chaque objet avant de le mettre dans le sac.

Ça ne marche pas, pensait Stéphane. *Ça ne tient pas debout. Si ce gars-là sait tout ce qu'il sait, pourquoi a-t-il tant besoin de moi? Parce que je suis une clé?*

Le terme le fit sourire. Cela avait quelque chose de ridicule. Puis, soudain, jaillie de nulle part, une réponse s'imposa à lui. Bien sûr! Cela semblait maintenant si évident qu'il se trouva stupide de ne pas y avoir pensé avant.

— J'ai réfléchi, annonça-t-il.

— Ah, oui? fit Mel sans interrompre sa tâche.

— Je sais pourquoi vous m'avez emmené ici.

— Vraiment? Et pourquoi cela?

— Parce que vous ne pouviez pas pénétrer dans l'univers du Dormeur.

Mel releva la tête mais cette fois le sourire était absent de son visage. Il observa Stéphane quelques secondes.

— Bien pensé, fit-il. Qu'est-ce qui t'a donné cette idée?

— Dans tout ce que vous m'avez dit, il n'y a pas de place pour moi. Vous êtes au courant de tout et je ne sais rien, vous avez des moyens techniques qui dépassent complètement ce qui existe dans le monde normal. Alors, à quoi est-ce que je peux bien servir? La seule conclusion logique, c'est que je vous permets d'entrer dans l'univers. Moi seul j'ai une clé. Pas vous.

Mel eut un petit hochement de tête.

— Bien raisonné. En partie du moins. C'est vrai, j'avais besoin de toi pour pénétrer dans l'univers du Dormeur.

— Vous l'avez perdue? Vous en aviez une et vous l'avez perdue?

Une fois de plus le visage de Mel s'éclaira.

— On peut dire ça, oui. Comment en es-tu arrivé à cette conclusion?

— Ben, c'est clair, vous êtes déjà venu ici plusieurs fois. Ou bien vous aviez vous-même une clé ou bien vous aviez quelqu'un comme moi pour vous accompagner...

Il se tut. La sinistre implication venait de lui apparaître. Apparemment, Mel avait compris la même chose. Le vieil homme eut un bref éclat de rire.

— Rassure-toi, Stéphane. Je n'ai perdu... personne. La clé à laquelle tu penses ne ressemblait pas du tout à celle qui est dans ton cerveau.

— Elle est où, cette clé, maintenant? Un instant, je crois que je le sais.

— Vas-y. Dis-moi ça.

— Ce sont ces types, les gens du Cajjar. C'est eux qui l'ont trouvée.

Mel fit semblant d'applaudir.

— Je vois que tu t'es remis de tes émotions et que tes facultés se sont rétablies. Tu as mis en plein dans le mille, fiston. Toutes mes félicitations! Maintenant, es-tu capable d'aller plus loin?

— Qu'est-ce que vous voulez dire?

— Sais-tu comment cette clé est tombée aux mains de nos amis du Cajjar?

Stéphane haussa les épaules. Ses «facultés» ne lui en apprenaient pas davantage.

— Eh bien, dit Mel, c'est moi qui la leur ai donnée.

Stéphane ne dissimula pas sa surprise.

— Alors, je ne comprends plus. Si vous saviez qui ils étaient, pourquoi...

— Je l'ignorais. À cette époque du moins. À l'origine, le groupe du Cajjar n'était pas ce qu'il est maintenant. Quand il fut fondé, il était composé d'hommes et de femmes honnêtes, voués à la propagation du bien. Ce n'est que plus tard que les choses se sont détériorées. Le recrutement n'a pas été fait selon les règles ou bien il y a eu négligence. Je suppose qu'avec le temps, c'était inévitable. On peut difficilement maintenir intacte une organisation humaine pendant si longtemps.

— Vous parlez comme si cette organisation existait depuis une éternité.

— Oh, pas une éternité, Stéphane. Mais un bon bout de temps quand même. L'organisation du Cajjar date de 1163 après Jésus Christ.

— C'est une blague, hein? Une organisation ne peut pas durer aussi longtemps.

— Au contraire. Il y a des organisations plus anciennes et autrement plus vastes que la confrérie du Cajjar. L'Église catholique, par exemple. (Oui, bien sûr. Il n'avait pas pensé à cela.) Tiens, tu connais l'Ordre des Chevaliers Hospitaliers?

— Euh, oui, je crois. Ce sont ces types qui avaient un immense trésor...

— Hum, ça, ce serait plutôt les Templiers. En fait, les deux organisations coexistaient à l'époque des croisades. Les Hospitaliers existent toujours, eux, et sont même très présents dans la société.

— Ah, oui?

— Tu les connais sous le nom d'ambulanciers Saint-Jean. Tiens, prends ça.

Mel poussa vers lui un grand sac de toile muni de bretelles. Stéphane examina l'objet d'un œil soupçonneux, le soupesa.

— Il va falloir transporter cela? fit-il. Ça pèse une tonne.

— Il faudra t'y habituer. Nous aurons une journée et une nuit de marche. À défaut de voir le jardin tel qu'il était, tu connaîtra celui qu'il est devenu. Je suis sûr que cela te convaincra davantage de la nécessité d'agir.

— Je me demandais encore... interrompit Stéphane. Si vous en savez tant sur le Cajjar, c'est que vous avez dû être très proche d'eux pendant un certain temps.

— Tu brûles, mon garçon.

La vérité apparut à Stéphane dans toute sa simplicité.

— Vous êtes membre du Cajjar!

— Correction: *j'étais* membre. Mais c'est du passé maintenant.

Les choses se mettaient en place lentement, avec une lenteur désespérante, mais au moins le casse-tête commençait à prendre forme. Non, c'était peut-être exagéré. C'était exactement comme s'il avait trouvé les morceaux nécessaires pour reconstituer la bordure du puzzle mais qu'il n'avait jamais eu l'illustration de l'emballage pour voir à quoi pouvait bien ressembler le produit final.

— Je suppose que ta prochaine question est: pourquoi suis-je devenu leur adversaire?

— C'est évident: vous ne poursuivez pas les mêmes buts.

— On ne peut rien te cacher, fit Mel en riant.

Mais il n'élabora pas davantage et retourna à l'opération qui consistait à bourrer son propre sac. Stéphane comprit que la conversation était terminée pour l'instant.

***

Ils se mirent en route un peu après la tombée de la «nuit». Stéphane n'y avait pas songé avant, mais la nuit n'avait rien de naturel dans un monde où le soleil lui-même était artificiel. Alors, pourquoi une nuit? Pourquoi éteindre le soleil? Pour conserver l'énergie?

— Peut-être, mais j'en doute, expliqua Mel. C'est surtout pour permettre à la végétation de réaliser son cycle photosynthétique. Cet univers est un système clos, à peu de choses près. Il n'y a pas, à proprement parler, de contact avec l'extérieur, si «extérieur» est le terme qui convient. Les plantes ont besoin de produire de l'oxygène si l'on veut que des gens et des animaux y vivent. Pour ce qui en reste...

— Escrime! Pourquoi est-ce qu'on voyage de nuit? fit Stéphane après une nouvelle chute.

Il n'osa pas ajouter qu'un peu de lumière aurait rendu la tâche infiniment plus facile... et moins douloureuse.

— Parce que la première partie du trajet se fait sans problème en terrain plat. Essaie d'être plus prudent. Demain matin, nous devrions être tout près des collines. À partir de ce moment, il sera plus facile de se dissimuler mais les chances de tomber sur des gens du Cajjar augmenteront.

Le reste de la nuit ressembla à un cauchemar. Malgré tous ses efforts, Stéphane mordit régulièrement la poussière, au sens strict du terme. Mel, qui marchait en tête, lui indiquait régulièrement les obstacles et les changements de dénivellation, mais ce ne fut pas suffisant pour éviter à Stéphane de chuter à plusieurs reprises. Les «Escrime!» s'étaient depuis longtemps mués en quelque chose de plus blasphématoire. Pour rendre la chose encore plus frustrante, Mel ne semblait connaître aucune de ces difficultés. Ou bien le vieil homme connaissait le trajet par cœur, ou bien il voyait dans l'obscurité. Stéphane renonça à le lui demander. Le savoir n'aurait rien changé à sa frustration.

La nuit prit fin avec une brutalité incroyable. Un instant, c'était les ténèbres totales, impénétrables d'une caverne, l'instant d'après, c'était l'éclat aveuglant du jour. Stéphane ferma les yeux.

— Désolé, entendit-il. J'aurais dû te prévenir.

Derrière les paupières closes de Stéphane dansait une multitude de phosphènes.

Tout bien réfléchi, cela n'avait pas grand-chose de surprenant. Rien n'empêchait le «soleil» d'apparaître toujours à la même heure. Il n'y avait pas d'inclinaison de l'axe dans ce monde, pas d'orbite elliptique. Pas de saison. Toujours cette éternelle fin de printemps. Non, il n'y avait pas de mystère.

Stéphane ouvrit prudemment les yeux, les referma aussitôt, les ouvrit de nouveau, leur laissant le temps de s'habituer à la lumière. C'était la même fin de jour d'automne pourpre, un rien sinistre. Il soupira, un autre soupir, puis vit que Mel l'observait.

— Désolé, répéta le vieil homme, et tout dans son attitude semblait suggérer qu'il était sincère.

— Ça va, dit Stéphane. Mais la prochaine fois, pensez-y.

Mel haussa les épaules.

— Je ne crois pas qu'il y ait une prochaine fois, dit-il. Puis il indiqua une élévation de terrain à quelque distance.

— On doit continuer. Derrière cette colline se trouve une fissure dans le roc. Nous y serons en sécurité. Là, nous pourrons prendre un peu de sommeil.

Bonne idée; il était exténué. S'ils ne s'arrêtaient pas bientôt, ce seraient ses jambes pleines d'ecchymoses qui lui refuseraient tout service. Heureusement, l'étape n'était plus très éloignée. Une dernier effort leur permit d'atteindre le fond de la faille. Ils y trouvèrent un surplomb rocheux où ils purent prendre quelques heures de repos bien mérité.

La halte fut trop brève. Stéphane fut réveillé brutalement, lui sembla-t-il. Après quelques minutes, malgré le poids du sommeil qui pesait encore sur lui, ses idées devinrent un peu plus claires et il fit ses préparatifs à son tour.

Ils se remirent en route en suivant d'abord le tracé de la faille. Puis, un peu plus tard, lorsqu'ils débouchèrent sur ce qui lui apparut être le lit d'une rivière à sec, ils remontèrent ses rives accidentées.

Leur progression ressemblait à une sorte de jeu de saute-mouton. Ils bondissaient d'un rocher à l'autre, prenant parfois couvert derrière les maigres broussailles qu'ils trouvaient sur leur trajet. Il n'avait pas besoin de demander pourquoi: c'était simplement pour éviter d'être vus.

Mais les quelques heures de ce régime se révélèrent finalement plus fatigantes encore que leur randonnée de la nuit précédente. À intervalles réguliers, Mel jetait un coup d'œil à sa montre et il semblait à Stéphane qu'à ces moments-là, l'allure s'accélérait. Les faibles protestations de Stéphane restèrent sans effet, car jamais Mel ne ralentit son allure ni ne fit mine de vouloir s'arrêter.

Pour empirer les choses, de gros nuages montèrent bientôt à l'assaut du ciel. Mel insista à ce moment pour que Stéphane et lui revêtent un lourd imperméable. Avec la chaleur qui augmentait toujours et l'exercice physique exigé, la tenue se révéla rapidement inconfortable. Mais utile: c'est en effet sous une douche glaciale qu'ils firent enfin une première halte.

— Ouf! fit Stéphane en se dégageant de sa lourde capote. On est encore loin?

Mel jeta un coup d'œil à sa montre. Pour la première fois, Stéphane remarqua que celle-ci n'était pas lisible pour lui.

— Si on ne perd pas trop de temps, on devrait être arrivés un peu avant la tombée de la nuit. Mais il faut attendre ici.

— Arrivés à la chambre du Dormeur?

— Non, au tunnel qui va nous mener dans l'édifice.

— Attendre quoi?

Stéphane tendit soudain l'oreille.

— J'entends quelque chose. Je crois que c'est un de ces véhicules cajjars...

Mel jeta un nouveau regard à sa montre.

— Je ne crois pas, Stéphane. C'est celui que nous attendons.

Il se leva et fit quelques pas qui l'éloignèrent de l'abri. Sa silhouette s'estompa rapidement dans le rideau de pluie et Stéphane le perdit de vue. Il hésita à le suivre car la pluie ne diminuait pas d'intensité. Et, de toute façon, Mel ne lui avait donné aucune instruction à cet effet. Il ne lui restait plus qu'à attendre.

Il attendit. Au loin, le bruit mécanique se rapprochait. Ou n'était-ce que l'illusion de ses sens, amplifié par le bruit de la pluie? Il se concentra davantage. Oui, le bruit était nettement plus prononcé mais son caractère mécanique devenait maintenant moins évident. En fait, c'était exactement le bruit qu'il avait entendu l'autre nuit quand il avait vu le sapin de Noël...

Il se figea.

Du surplomb rocheux qui avançait au-dessus de sa tête, quelque chose descendait. Sur l'arrière-fond gris du tracé des gouttes de pluie, cela ressemblait à une gigantesque langue formée d'eau, grise elle aussi, et animée d'un mouvement propre. Stéphane tenta de reculer mais son dos rencontra tout de suite l'obstacle du roc. Il retint son souffle.

Cela glissa, pas tout à fait comme de l'huile, pas tout à fait comme du mercure, plutôt comme de la lave semi-pâteuse.

La «langue» pendante oscillait de gauche à droite, comme si elle cherchait quelque chose. Puis elle s'immobilisa.

Stéphane distinguait mieux maintenant. Ce qu'il avait pris pour de la transparence n'était en fait que l'effet du gris contre le gris du ciel. Si flexible qu'elle fût, la chose était solide. Et, de toute évidence, vivante. Le mouvement qui l'animait n'avait rien de mécanique.

La chose s'anima de nouveau, allant de droite à gauche dans un mouvement rapide, comme si elle frétillait. Brusquement, sans crier gare, la langue se mit à grossir, puis à s'allonger. Bientôt elle bloquait près de la moitié de l'espace laissé libre par le surplomb rocheux. Elle s'immobilisa une nouvelle fois.

Stéphane n'osait faire un bruit. Apparemment la chose n'avait pas encore découvert sa présence au fond de l'abri. S'il restait totalement immobile et silencieux, peut-être s'en irait-elle comme elle était venue.

Brusquement, la créature bondit vers lui.

Il n'eut jamais le temps de crier, tant la chose se fit rapidement. Impuissant, la gorge nouée par la terreur, il sentit la créature le plaquer contre la paroi.

À ce moment précis, il aurait tout donner pour perdre conscience.

6

Dans la demeure du Maître

Dominant le bruit ambiant, la voix de Mel parvint jusqu'à ses oreilles:

— Je vois que tu as fait connaissance avec le Jardinier, Stéphane.

Stéphane ne réagit pas tout de suite. La chose s'était épandue sur lui comme une pâte à modeler qui aurait pris son empreinte et s'était détachée de lui en une fraction de seconde. Devant ses yeux, la masse souple s'amenuisait jusqu'à ne devenir qu'un tuyau évoquant la trompe d'un éléphant. L'extrémité de la trompe s'élargit soudain et se transforma en miroir. Il eut peine à reconnaître son visage dans cet enchevêtrement de bouches ouvertes et d'yeux écarquillés.

— N'aie pas peur, dit Mel. Il ne t'arrivera rien de fâcheux. Le Jardinier va t'examiner et t'ajouter à sa liste. Tout le monde a dû passer par là, les membres du Cajjar aussi.

L'examen prit une nouvelle tournure. La trompe s'approcha encore de son visage, plus près, encore plus près puis, sans avertissement, elle entra dans sa bouche.

Stéphane hurla... pour s'apercevoir aussitôt que s'il pouvait hurler, cela signifiait que...

Le monstre s'était retiré. Sa bouche était libre (avait-elle jamais été occupée?). Il baissa les yeux: l'immense masse de mercure refluait vers l'entrée de la caverne. Encore une seconde et elle reprit sa forme de langue ou de goutte.

Puis elle disparut. C'est à ce moment que Stéphane vit Mel debout, un peu sur sa droite.

— Ça surprend toujours, fit l'homme pour tout commentaire.

Puis il vint s'asseoir près de lui.

— Qu'est-ce que c'était? fit Stéphane quand il eut retrouvé un peu de salive.

— Je te l'ai dit: le Jardinier. Je savais que j'allais le rencontrer ici à cette heure. Son horaire est fixe.

Stéphane le dévisagea.

— Mais qu'est-ce que c'est que cette chose, ce... monstre?

— Une mécanique semi-organique hautement spécialisée. C'est à elle que revient le soin de maintenir le milieu environnemental à son plus haut niveau d'efficacité. (Le ton de sa voix devint plus grave.) Bien que la tâche soit devenue au-dessus de ses moyens. Il t'a indexé, Stéphane. C'est normal. Il doit tenir compte de chaque variable du système dont il s'occupe, incluant, bien sûr, les variables nouvelles. Son but est de voir comment ces variables influent sur le système et de corriger leur action si celle-ci s'avère néfaste. Cela peut aller jusqu'à l'élimination.

Mel dut noter un signe de crainte dans le regard de Stéphane, car il ajouta aussitôt:

— Cela ne s'applique pas à toi, bien sûr. Ni à aucun autre humain qui habite maintenant ce monde.

— Qu'est-ce que vous lui vouliez à ce... Jardinier?

— Je l'ai légèrement reprogrammé pour qu'il nous aide dans notre entreprise. Quand nous serons dans la crypte, il fera une diversion. J'espère que tout se passera comme je l'ai planifié. Le problème sera de le convaincre d'attaquer des établissements humains. Il a fallu que je lui fasse croire que ceux-ci seraient inoccupés lors de son action. Tu vois, le Jardinier a des principes... moraux, si je puis employer ce terme, intégrés dans sa programmation. Il ne peut...

— ... causer de tort à des humains ou, par son inaction, faire en sorte que du tort soit causé à des humains. Je sais. C'est dans Asimov.

— Dans quoi?

— Dans Asimov. Un écrivain. Il a écrit des histoires de robots.

Mel parut surpris.

— Ah! Eh bien, dans ce cas... ton Asimov est un petit futé, mon garçon.

— C'est ce que j'ai toujours pensé.

***

Ils quittèrent le lit de la rivière et s'engagèrent dans un défilé irrégulier parsemé d'éboulis. Ils avaient à peine fait quelques centaines de pas que Mel s'arrêta, posa un genou par terre et examina l'espace vide entre deux gros quartiers de rocs. Puis il promena délicatement la paume de sa main devant lui, comme sur une surface de verre. Accroupi à ses côtés, Stéphane observait avec curiosité.

— Ah, voilà! dit Mel.

Il poussa son index en avant; immédiatement, un anneau rougeâtre sembla naître autour de sa deuxième jointure. Une curieuse odeur d'ozone flotta un instant dans l'air.

Stéphane n'eut pas le temps d'être surpris. Une ouverture noire aux bords estompés apparut devant eux. Mel s'y engagea le premier. Stéphane observa son compagnon qui disparaissait dans les ténèbres. Apparemment, il avait affaire là à une variation de l'hologramme qui cachait l'entrée de leur refuge des ruines. À moins qu'il ne s'agisse de quelque chose de totalement différent.

Il pénétra à son tour dans le tunnel. Après une minute de progression à quatre pattes, il entendit la voix de Mel:

— À partir d'ici on peut marcher debout.

Stéphane se redressa.

— Et un peu de lumière, peut-être?

— Oui, bien sûr.

La maigre lueur d'une torche-stylo éclaira un couloir étroit aux murs noir de jais, sans la moindre aspérité ni décoration. À un endroit, que Mel observait attentivement, une zone de la grandeur de la main faisait une tache plus pâle.

— Nous en avons pour une quinzaine de minutes... dit Mel.

— Vous n'avez pas l'air sûr.

— Je n'aime pas beaucoup ça, fit-il en montrant la tache pâle du doigt. Ça m'a tout l'air d'une zone de faiblesse dans le champ. J'espère qu'il ne s'effondrera pas avant notre arrivée. Je ne comprends pas pourquoi ce champ est instable. On ferait mieux de se dépêcher.

Un soupçon d'inquiétude serra le cœur de Stéphane. L'idée qu'à tout moment ce tunnel pouvait s'effondrer — ce champ, plutôt — faisait remonter en lui un sentiment d'étouffement qu'il n'avait pas ressenti depuis le jour où il s'était enfermé par erreur dans le cagibi situé au-dessous de l'escalier. Cela remontait à plusieurs années, mais les cauchemars d'écrasement venaient encore hanter ses nuits. Et maintenant...

Il suivit son guide d'un pas rapide, un peu oppressé. De temps en temps, d'autres zones grisâtres apparaissaient sur les parois ou au-dessus de leur tête. Après quelque temps, Mel cessa de les examiner et son pas s'accéléra, ce qui n'était guère pour rassurer Stéphane. Il avait cependant assez d'imagination pour concevoir ce qui arriverait en cas d'effondrement du «champ». Quelque chose lui disait qu'il avait tout intérêt à ne pas vivre l'expérience.

Il pressa le pas à son tour, suivant la lueur jaune de la torche qui dansait devant lui.

Soudain, alors que la poitrine comprimée de Stéphane semblait sur le point de s'écraser sur elle-même, Mel s'arrêta. Un simple coup d'œil révéla à Stéphane la raison de ce geste.

Ce tunnel aussi se terminait en cul-de-sac.

Mel l'attendait, tout en surveillant un tache grise particulièrement large. Un doigt maintenu sur ses lèvres indiqua qu'il fallait parler à voix basse.

— Ici commencent les difficultés, murmura-t-il. L'extrémité de ce tunnel est censé donner sur un couloir de la demeure.

— Vous n'en êtes pas sûr?

— Presque sûr. J'ai souvent vérifié mes calculs, mais les gens du Cajjar ont peut-être fait des modifications à l'intérieur même de l'édifice, bien que j'en doute. Ce couloir, normalement, n'est pas très fréquenté, mais je suppose qu'ils ont dû doubler la garde à cause de notre présence dans le monde. Il s'agit simplement d'être prudents. Si nous sommes vus sortant du tunnel (Mel plongea la main dans sa poche), tu te serviras simplement de ceci.

Stéphane observa l'objet que Mel lui tendait.

Cela ressemblait à un pistolet jouet, mais il ne douta pas un instant qu'il s'agissait là d'une arme véritable. Il recula un peu, par réflexe.

Devant sa réaction, le vieil homme ajouta:

— Ça ne tue pas. Tout au plus, ça rend inconscient pour quelques heures. Il y aura des séquelles pendant les jours qui suivront, des douleurs musculaires et de l'insomnie, mais rien d'irréparable.

Stéphane prit l'objet.

— La gâchette s'enfonce dans la crosse et le petit bouton sur le côté sert à varier l'intensité du rayon. Il est déjà réglé pour nos besoins; n'y touche plus. Tu pointes et tu tires. C'est simple.

— Vous avez la même arme?

Les traits de Mel se durcirent. Stéphane crut un instant y deviner de la douleur. Mel répondit par un faible «oui», avant de changer le cours de la conversation:

— Tu vas passer le premier. Si quelqu'un te voit, il ne réagira peut-être pas immédiatement parce que ton visage n'est pas aussi connu que le mien. Ne compte pas trop sur un effet de surprise à long terme cependant. Rappelle-toi que ces gens-là sont probablement au courant de notre présence ici, ou en tout cas ils s'en doutent fortement. Si on te voit, tu tires. N'hésite surtout pas.

La voix de Mel n'était qu'un chuchotement, mais le ton impérieux de l'ordre n'échappa pas à Stéphane. Il acquiesça.

— Quand tu passeras la tête à travers cette membrane (son doigt pointait dans la direction du mur), tu dois garder les yeux ouverts pour savoir tout de suite si tu as été repéré ou non. Je vais modifier la structure moléculaire de la membrane de telle sorte que ta tête glisse sans difficulté. Tu auras l'impression de passer sous un rideau d'eau glacée. Alors, pas de panique, d'accord?

Il fit signe qu'il comprenait, mais la perspective de mettre la tête sous un jet d'eau glacé n'avait rien de vraiment réjouissant.

— Aussitôt que tu auras passé la tête, regarde à droite et à gauche rapidement. S'il n'y a personne, rentre la tête immédiatement. S'il y a quelqu'un, n'aie pas une seconde d'hésitation.

Il indiqua du menton le pistolet qui reposait encore au creux de la main de Stéphane. Puis, jetant un nouveau coup d'œil sur la grande tache qui ornait le mur, il ajouta:

— Ne perds pas de temps, petit. Je n'aime pas du tout l'apparence de cette zone-là.

Stéphane s'approcha du mur, prit une profonde respiration, assura son pistolet dans sa main. Puis il posa son front contre la surface froide et poussa légèrement. La sensation de froid augmenta. Malgré les conseils de Mel, il ferma les yeux instinctivement. C'était comme si un cercle glacé engloutissait sa tête, se déplaçant de son front vers son nez, en montant graduellement vers les tempes. Presque aussitôt, il rencontra un obstacle.

De surprise, il ouvrit les yeux et vit une barre noire et indistincte obstruant le passage. Il lui fallut quelques secondes pour comprendre ce que c'était.

Une patte de table! Une simple et banale patte de table. Il réprima un éclat de rire.

Il se tordit un peu le cou et procéda à un bref examen. Un long couloir couleur beige, baignant dans une lumière douce de provenance inconnue. Au loin, un petit meuble posé contre le mur, sans doute le double de celui qui l'avait tant surpris. Aucune trace de présence humaine. Il tendit l'oreille, attentif au moindre bruit. Mais la pièce baignait dans un silence lourd.

Il ramena sa tête dans le tunnel. Son cou était gelé.

— La voie est libre, dit-il. Mais attention à la table! J'ai failli me fendre le front dessus.

Mel fit signe qu'il avait compris et enfonça à son tour sa tête dans le mur. Stéphane eut droit au spectacle étrange d'un corps décapité... qui retrouva presque aussitôt sa tête.

— Mes calculs étaient bons, fit Mel. Ils ont ajouté un peu de mobilier, c'est tout. Allons-y. Et sans bruit, hein?

Sans un autre mot, il disparut dans le mur. Il ne lui restait plus qu'un pied à passer quand Stéphane le suivit.

Le plafond diffusait un éclairage uniforme sur le maigre mobilier qui occupait le corridor. Une petite table, là-bas, et une chaise droite, saugrenue, un peu plus loin.

Mel se dirigea immédiatement vers la gauche. De toute évidence, il savait où il allait. Il avançait d'un pas rapide mais à ce point silencieux que Stéphane, juste sur ses talons, entendait à peine le frottement de ses semelles contre le sol. Il tenta de l'imiter, mais ce ne fut qu'au prix d'une démarche lente et exagérément délicate; en quelques secondes il fut distancé. Il reprit une allure plus normale, en priant pour que le bruit de ses pas n'attire personne.

Ils arrivèrent à un couloir transversal, beaucoup plus large que le précédent et mieux éclairé. Mel lui fit signe de se coller au mur et jeta un rapide coup d'œil en amont et en aval du nouveau corridor. L'examen dut se révéler satisfaisant, car ils reprirent leur route en prenant, cette fois, vers la droite.

Il régnait une température agréable dans ces lieux, pourtant, contre sa paume, la crosse de son arme était collante. Mais il y pensait à peine tellement la présence du pistolet dans sa main lui était devenue naturelle.

Une sorte de murmure vibrant vint jusqu'à lui. Il força l'allure pour rejoindre Mel.

— J'entends quelque chose, dit-il.

— Ce n'est qu'un aspirateur. Ne sursaute pas si tu en vois un. Justement...

Stéphane leva les yeux et vit, à une dizaine de pas devant eux, une sorte de boîte ovale et plate qui venait à leur rencontre en ronronnant. Quand la machine fut à leur hauteur, elle fit un brusque crochet pour les éviter. Il vit à ce moment qu'elle n'était pas tout à fait solide, partageant avec le Jardinier cette étrange qualité de fluidité. Décidément, les machines du monde du Dormeur ne ressemblaient guère à celles de son monde.

À mesure qu'ils progressaient vers leur objectif, ils croisèrent d'autres aspirateurs qui, comme le premier, s'écartèrent docilement sur leur passage. Ce furent les seuls être animés qu'ils rencontrèrent. On aurait dit que l'édifice était vide. Se pouvait-il que ses occupants l'aient quitté pour se mettre à leur recherche? Il s'ouvrit de ses réflexions à Mel, mais le vieil homme les balaya d'une phrase sèche:

— Nous avons seulement eu de la chance.

Puis, d'un ton un peu radouci:

— Ils n'auraient jamais osé abandonné la résidence. La clé est ici, quelque part.

— Où ça? Si on pouvait la leur prendre, le problème serait résolu.

— Non.

Stéphane n'insista pas. Il devenait de plus en plus clair que Mel avait un plan secret. Il voyait comme une urgence à réveiller le Dormeur. Ce qui pouvait signifier que le contrôle de la clé — la clé physique — était le dernier de ses soucis. Oui, cela se tenait. Seul importait le réveil du Dormeur... du Maître. Le Maître. C'était comme s'il entendait la majuscule. Or, qui dit maître dit serviteur. *Mel est-il le serviteur du Maître? Et de quelle façon? Serviteur comme on est domestique? Ou serviteur d'une religion ou d'une idéologie?* Oui, cela avait davantage de sens. De son point de vue, Mel travaillait pour le Dormeur et contre le Cajjar. Le Dormeur était en quelque sorte son Maître...

Ou son dieu?

7

Celui qui ouvrait les portes

Le nouveau corridor révélait une rangée de portes de chaque côté. Aucune de celles-ci ne portait trace de bouton ou de poignée. En revanche, elles était toute ornées d'un triangle jaune à hauteur d'yeux.

Ils dépassèrent les premières sans ralentir leur allure, puis Mel s'arrêta et fit signe à Stéphane de l'imiter.

Le vieil homme observa attentivement la porte devant laquelle ils s'étaient arrêtés. Aux yeux de Stéphane, elle ne différait en rien de ses consœurs. L'examen se poursuivit pendant quelques secondes, puis Mel posa la paume de sa main au centre du triangle.

Sans un bruit, la porte disparut.

Elle ne s'était pas ouverte, elle n'avait pas glissé dans une rainure. Elle avait tout simplement disparu.

Stéphane soupira. Dans ce monde, une porte ne pouvait tout simplement pas se comporter normalement.

Il suivit Mel dans ce qui ressemblait à un poste de pilotage. Une odeur indéfinissable flottait dans l'air, mélange de poussière et de renfermé. Sur le mur lui faisant face, une sorte de console occupait la plus grande partie du mur. Le reste était composé d'une série de rectangles blancs dont il ne pouvait deviner la fonction. Un fauteuil flottant était le seul meuble apparent.

En se retournant, Stéphane constata, sans grande surprise, que l'ouverture par laquelle ils étaient entrés avait disparu et qu'un mur uni avait pris sa place.

— Ils ne peuvent pas pénétrer ici, dit Mel pour répondre à sa question non formulée. Moi seul possède la combinaison de cette pièce.

Puis, sans attendre, il prit place dans le fauteuil et promena ses mains sur la console. Quelques rectangles s'allumèrent pour révéler autant de lieux différents. Stéphane devina qu'il s'agissait d'autant de pièces de la résidence. D'autres écrans prirent vie et bientôt une vingtaine de scènes se déroulaient sous ses yeux, les unes à l'extérieur, les autres à l'intérieur de la demeure.

Il put enfin voir ceux qu'ils combattaient.

De petits groupes composés principalement d'hommes (mais des silhouettes plus minces et des coiffures plus élaborées montraient que les femmes avaient aussi leur place), pour la plupart armés, arpentaient les lieux ou montaient la garde. Ils étaient vêtus de costumes divers, allant de la tenue de ville au laisser-aller d'une mode plus récente. Quelques-uns seulement portaient un uniforme.

Stéphane s'approcha du fauteuil où était assis Mel.

— Bon, dit-il. Au moins ils ne savent pas que nous sommes ici.

— Qu'est-ce qui te fait dire cela? répondit Mel, l'air absent.

— Ils auraient débranché les caméras, non?

— S'ils avaient eu affaire à des caméras, tu peux être sûr qu'ils les auraient débranchées, oui. Mais c'est quelque chose de passablement plus avancé qu'une simple caméra et ils n'ont aucun moyen de le découvrir ni d'y faire obstacle. N'empêche qu'ils savent parfaitement que nous sommes ici. Regarde-les.

Stéphane observa plus attentivement mais ne remarqua rien d'anormal.

— Ce serait mieux si nous avions le son.

— J'ai cru un instant que l'audio était en panne mais... Observe bien.

De nouveau, il se concentra sur l'image juste sous ses yeux. Puis, il vit.

— Qu'est-ce qu'ils font?

— Ils se parlent par signes. Ils ont prévu qu'ils pouvaient être sous écoute (et peut-être sous observation) et ils ne veulent courir aucun risque. Ce qui signifie que nous venons de perdre un avantage. Ils ne nous reste plus qu'à essayer de deviner ce qu'ils préparent.

Il s'activa de nouveau sur la console et des scènes défilèrent à toute vitesse sur les écrans. Mel parut bientôt avoir trouvé ce qu'il cherchait, car ses manipulations se firent moins nombreuses. Il se concentra sur une image.

— Bon, c'est confirmé: ils craignent pour la clé. Elle se trouve là (il indiqua l'image) et je peux compter au moins une trentaine de gardes dans les environs. Quant à la crypte du Maître (ses doigts volèrent une fois de plus sur les touches), hum...

— Qu'est-ce qu'il y a?

— Ils ont aussi disposé plusieurs gardes près de la porte qui donne accès à la crypte. Une dizaine. Cela ne rendra pas les choses faciles. Quelque chose m'échappe. Je ne m'attendais pas à ce qu'ils accordent tant d'importance à la crypte. Qu'est-ce qui a pu leur faire comprendre que nous voulions y pénétrer?

— Ils ont peut-être peur que le Dormeur ne s'éveille.

Mel se tourna vers Stéphane et le dévisagea.

— Possible... dit-il d'une voix pensive. Mais pourquoi?

— Il y a peut-être eu des signes.

Il secoua la tête.

— Je l'aurais su.

— C'est peut-être récent.

Mel haussa les épaules et reprit l'étude des écrans.

Perplexe, Stéphane alla s'asseoir dans un coin, à même le sol, et réfléchit en observant Mel. À l'évidence, la possibilité de l'éveil spontané du Dormeur n'évoquait rien pour le vieil homme. Pourquoi le Dormeur, son Maître, ne pouvait-il pas s'éveiller par lui-même? Avait-il besoin d'une intervention de l'extérieur? L'attitude et les propos de Mel semblaient le suggérer.

Et cette histoire de caméra indétectable. Cela n'avait pas beaucoup de sens. Pourquoi Mel saurait-il des choses qu'ignoraient ses anciens collègues du Cajjar? Il était difficile d'imaginer que de tels secrets aient été perdus alors que Mel, lui, les avait conservés. Non, il y avait vraiment quelque chose qui clochait dans tout cela.

Autre mystère: tout indiquait que le Cajjar avait pris les précautions nécessaires pour faire face à leur arrivée. Alors pourquoi Mel et lui avaient-ils emprunté des couloirs complètement déserts et, surtout, pourquoi avaient-ils pu pénétrer sans encombre dans cette pièce? Le Cajjar était-il si naïf? Cela semblait impossible. En fait, pour Stéphane, toute cette affaire sentait le piège à plein nez. À défaut de pouvoir pénétrer dans la pièce où ils se trouvaient en ce moment (et il n'avait aucune raison de mettre en doute la parole de Mel là-dessus), les gens du Cajjar pouvaient facilement leur en interdire la sortie. Que feraient-ils alors? Mel ouvrirait-il de nouveau son sac à malice comme il l'avait fait si souvent depuis le début de leur aventure? Un autre passage secret? Il jeta un coup d'œil autour de lui. Il y avait fort à parier qu'il n'y avait aucune sortie de secours à cette pièce. Résultat: ils seraient pris comme des rats. Et pourquoi des gardes ne se trouveraient-ils pas en cet instant précis derrière la porte? Ils avaient bien entendu des voix, non?

Mel n'avait jamais été bien bavard sur ses plans en ne révélant que le strict minimum. Ou bien il en savait beaucoup plus là-dessus et il n'y avait pas matière à inquiétude, ou bien il était aveugle à ce qui se passait.

***

— Nous avons encore trois heures avant d'agir, laissa tomber Mel en quittant l'écran des yeux. Dès le début de la nuit, le Jardinier attaquera la demeure. C'est à ce moment que nous entrerons dans la crypte. Nous aurons bien peu de temps: huit minutes en fait.

— Pourquoi? Vous croyez que le Cajjar aura raison du Jardinier?

— Ce n'est pas là le problème. La technologie terrestre dont ils disposent ne pourrait pas venir à bout du Jardinier. Par contre, quand celui-ci prendra conscience qu'il y a des gens dans la demeure...

— Le principe d'Asimov.

— C'est ça. Aussitôt cette information intégrée, qu'il saura qu'il peut causer du tort à des humains, il cessera alors toutes hostilités. C'est pourquoi j'ai une autre carte dans mon jeu.

— Je m'en doutais bien, dit Stéphane sur un ton ironique.

— Un peu avant l'intervention du Jardinier, je vais interrompre le flux énergétique qui contrôle l'éclairage et le chauffage de la demeure. La surprise sera totale.

— Pas si sûr. Ils ont certainement dû prévoir le coup. Voyons, Mel, pensez-y: ce ne sont pas des imbéciles. Ils ont ratissé tout le territoire autour de la demeure sans nous découvrir. Ils arriveront inévitablement à la conclusion qu'ou bien notre cachette est introuvable, ou bien nous sommes déjà à l'intérieur de l'édifice. Je suis certain qu'ils ont pris leurs précautions. Ils se parlent par signes, quand même! Ce n'est pas par hasard.

Pour la première fois, Mel parut pris de court. Il hocha la tête.

— Tu as raison. Un point pour toi. Moi, il m'a fallu lire sur leurs lèvres pour l'apprendre. Mais ce n'est pas une raison suffisante pour changer le plan maintenant.

C'était donc ça qu'il faisait tout ce temps devant ces écrans!

— Qu'est-ce que vous avez appris d'autre? Ils savent que vous voulez aller dans la crypte, c'est ça?

Mel sourit, d'un sourire un peu usé, un peu triste.

— C'est toi qui aurait dû prendre la tête de l'opération. Oh, ils ne savent pas pourquoi, mais ils n'ont pas l'intention de courir de risque.

Quelque chose grésilla dans le fond du crâne de Stéphane. Une sensation qu'il avait déjà connue. *Tu mens, Mel. Tu essaies de m'en passer une.*

Il chercha une confirmation de ses doutes dans le regard de son compagnon, mais n'en trouva aucune. Pas la moindre tension n'habitait ces traits, et pas la moindre ambiguïté. Pour un peu, il aurait pu jurer de sa parfaite innocence.

Tu vois, Mel, je crois quand même en toi.

Cela, il ne pouvait le nier. Plusieurs fois, le vieil homme lui avait menti, lui avait caché la vérité ou ne lui en avait fourni qu'une partie seulement. Malgré tout, il ne pouvait s'empêcher de lui garder sa confiance. Pourquoi? Peut-être la question n'avait-elle pas de sens. Il sentait au fond de lui-même que Mel ne désirait que son bien et c'était déjà suffisant. Il y avait certainement une raison à ces petits mensonges, à ces cachotteries, et elle ne pouvait être mauvaise.

Quand même…

— J'en ai assez vu, fit Mel en se levant de son siège. Allons au contrôle d'énergie.

Puis il s'arrêta.

Stéphane prit conscience d'une présence en même temps que le vieil homme. Simultanément, leurs regards se dirigèrent vers la zone de la porte. Les bruits venaient du couloir.

Ils avaient des visiteurs.

***

Stéphane se raidit. Sa respiration sembla un instant vouloir s'arrêter. Le sentiment de confiance irrationnelle qui l'avait accompagné s'évanouit d'un coup.

Il s'aperçut enfin qu'il tenait toujours le pistolet dans sa main et le brandit vers le mur. Le geste lui redonna un semblant de confiance, plus naturelle celle-là. Il serra les lèvres et attendit.

Mel vint à ses côtés et lui chuchota dans l'oreille:

— Ils ne font que passer. Il n'y a rien ici pour eux.

Stéphane n'en était pas si certain. Derrière le mur il percevait des pas pressés, des murmures et le bruit métallique d'armes agitées. S'il n'y avait rien qui puisse les intéresser, pourquoi venaient-ils ici? Et s'ils restaient là, près de la porte, même sans savoir que ceux qu'ils recherchaient étaient à deux pas d'eux? Lui et son compagnon seraient coincés comme des rats dans une pièce sans issue.

J'espère que tu as raison, Mel.

Sous l'œil abasourdi de Stéphane, le vieil homme retourna à son siège et à ses obscures manipulations. Stéphane resta près du mur, l'oreille attentive au moindre bruit.

Mais il semblait bien que le couloir était de nouveau désert. Un peu désolé que les faits donnent raison au vieil homme, il retourna vers Mel et ses occupations. Apparemment, il n'y avait plus grand-chose à faire, car celui-ci se redressa après quelques minutes.

— La demeure sera plongée dans l'obscurité au moment que j'aurai choisi. Je compte bien sur l'effet psychologique que cela aura sur le Cajjar.

C'était un aspect que Stéphane n'avait pas considéré avant, mais l'avantage que cela représentait lui paraissait bien mineur. L'effet de surprise préconisé par Mel avait toutes les chances de n'avoir aucun impact sur des gens armés et prêts à toute éventualité.

Un maillon faible dans le plan du vieil homme. Un autre, pensa Stéphane. Il y avait aussi les tunnels qui menaçaient de s'effondrer, ou plus exactement d'imploser. Fallait-il mettre sur le même pied la négligence du danger dont il faisait maintenant preuve?

Ils quittèrent la pièce par le moyen habituel et s'arrêtèrent immédiatement, interdits. Devant eux se tenait une jeune femme, l'air aussi surpris qu'eux. Elle portait une tunique grise et ses cheveux courts et bruns encadraient un visage ovale parsemé de taches de rousseur.

— Tire, fit Mel. N'attends pas, tire!

Stéphane mit immédiatement la jeune femme en joue. Celle-ci se mit à sangloter.

— Tire, Stéphane!

Son doigt se posa sur la gâchette. Sa gorge devint sèche et son bras se mit à trembler. Il sut tout de suite qu'il ne pourrait pas faire feu.

Les rationalisations lui vinrent rapidement. Comment pouvait-il être sûr que l'arme était sans danger, comme le soutenait Mel? Devait-il l'expérimenter une fois pour le savoir?

— Je t'en prie, Stéphane. Nous n'avons plus le temps!

Apparemment, la jeune femme elle aussi avait compris que le coup ne partirait pas. Elle se détendit visiblement et son regard se concentra uniquement sur celui de Stéphane.

— Stéphane… fit une voix faible, près de son oreille.

— Je vais viser votre jambe, dit-il à l'adresse de la jeune femme. Si vous faites le moindre geste qui ne me plaît pas, je vous détruis la jambe.

Il essaya de prendre un air dur et, pendant une seconde, la détermination de la jeune femme parut faiblir.

— Vous avez compris ce que je vous ai dit?

Elle trouva soudain quelque chose à dire:

— Vous êtes encerclés et mes amis peuvent arriver d'un moment à l'autre. Vous n'avez aucune chance, je vous l'assure.

— La ferme! fit Stéphane et il s'étonna de parler ainsi, comme dans un film.

— Je ne crois pas que vous ayez le courage de tirer, reprit la jeune femme.

Stéphane tira. La jeune femme émit un bref couinement puis s'effondra sur elle-même.

— Qu'est-ce que vous avez fait à ma jambe? gémit-elle quand elle se fut retrouvée sur le plancher. Je ne la sens plus.

Stéphane se tourna en direction de Mel.

— Traînons-la dans cette pièce, dit-il en indiquant une porte.

— Je ne peux pas ouvrir celle-là, répondit Mel.

— N'importe laquelle, pourvu qu'on ne découvre pas cette femme trop rapidement.

Le vieil homme explora vivement quelques portes du bout des mains, en ouvrit une et ils traînèrent la jeune femme paralysée dans la nouvelle pièce. Derrière eux, le mur retrouva son apparence première.

Ils restèrent seuls, deux hommes et une femme, au milieu d'une pièce vide.

L'intérêt de la jeune femme s'était rapidement porté sur Mel. Le pistolet et le danger que Stéphane représentait semblaient avoir momentanément quitté son esprit et elle n'avait d'yeux que pour la silhouette frêle du vieil homme. Stéphane nota le changement sans en comprendre la raison. Une chose était certaine: cet intérêt n'était pas sans cause.

— Vous savez qui je suis? fit Stéphane, le pistolet toujours bien en évidence.

— Non, fit la jeune femme avec une grimace.

— Et lui, le connaissez-vous?

Il désignait Mel.

— Non, je ne vous connais ni l'un ni l'autre.

Mensonge, de toute évidence. Le Cajjar savait parfaitement à qui il avait affaire, cela ne faisait pas le moindre doute. Il dit, conscient qu'il poussait un peu sa chance:

— Qu'est-ce qu'elle sait de vous, Mel? Qu'est-ce qu'elle sait et que vous me cachez depuis le début?

Puis il attendit l'effet de sa question. S'il avait bien calculé...

La fille parla la première, comme il l'avait espéré. Logique: elle constatait que, contre tout espérance, elle avait encore un atout dans son jeu. C'était cela ou rien.

— J'ai menti, dit-elle. Je sais qui est cet homme.

Elle parut hésiter une seconde, peut-être soudain incertaine, puis elle répéta, d'une voix plus ferme:

— Je sais qui est cet homme!

— Nous y voilà!

— Ne l'écoute pas, Stéphane. Elle ne peut pas savoir.

Négligemment, le pistolet allait alternativement de la jeune fille au vieil homme.

— Qu'est-ce que vous savez, mademoiselle? fit Stéphane en regardant Mel, sans parvenir à saisir son regard.

— Je ne suis pas sûre à cent pour cent...

Le regard de Stéphane revint à la jeune fille et le pistolet sautilla légèrement dans sa main.

— Continuez.

— Je... c'est tellement incroyable.. Je me disais toujours que ce n'était que des histoires mais... je l'ai vu ouvrir les portes. Et maintenant, je ne doute plus. Je ne peux plus douter. Lui seul a les connaissances nécessaires pour faire ce qu'il a fait. Il s'appelle Mel, dites-vous? (Stéphane ne put s'empêcher d'acquiescer d'un bref mouvement du chef.) Son nom véritable est Samuel Shabar de Kardiff, si c'est vraiment son nom. C'est du moins ainsi qu'on le connaissait à Madrid, dans la première partie du XIIe siècle. Samuel Shabar de Kardiff, fondateur du Cajjar.

Pendant quelques secondes, Stéphane crut qu'il avait mal entendu. La fondation du Cajjar remontait au Moyen Âge. Mel n'était peut-être plus tout à fait jeune, mais il n'avait pas huit siècles quand même!

— Samuel Shabar de Kardiff, l'immortel, dit la jeune femme, enlevant du même coup toute ambiguïté à son énoncé.

Mel resta de glace; son visage était légèrement penché sur le côté.

— Alors, Mel. Qu'est-ce que vous avez à répondre à celle-là?

— C'est absurde, voyons. Penses-y un peu, Stéphane.

Dans les circonstances actuelles, la révélation ne paraissait pas plus absurde que bien des choses dont il avait été témoin. Et cela avait l'avantage d'expliquer bon nombre de détails qui n'avaient aucun sens.

Peut-être, pensa Stéphane dans un éclair, que ce n'était pas nécessaire. Les connaissances de Mel (il en avait encore eu confirmation par la bouche de la jeune femme) n'avaient aucune mesure avec celle d'un simple membre de la secte, mais cela ne suffisait pas à faire de lui un immortel. La vérité était certainement plus simple: jadis, il avait dû occuper une position privilégiée dans l'organisation, suffisamment élevée, en tout cas, pour qu'on lui révèle les vieux secrets.

— Je vais vous donner le bénéfice du doute, Mel. Pour l'instant, du moins. Mais vous me devez encore des explications.

— J'en suis conscient, Stéphane.

— Alors, fichons le camp d'ici.

— Et elle?

Mel désigna la jeune femme toujours assise par terre. Stéphane haussa les épaules.

— Vous allez me laisser ici? fit la jeune femme en massant sa jambe, apparemment sans succès si l'on pouvait se fier aux larmes qui coulaient maintenant le long de ses joues. Vous ne pouvez pas faire ça. Je vais appeler au secours. Ils vous trouveront.

— Vous avez parfaitement raison, dit Stéphane. On ne peut pas laisser faire cela.

Sous les yeux horrifiés de la jeune femme, il leva son pistolet.

8

Sans issue

Stéphane observait le corps immobile, espérant de tout cœur qu'il ne s'était pas trompé et que la jeune femme était toujours vivante.

— Elle n'est pas... dit-il.

Sa voix n'était qu'un murmure.

Le vieil homme le regarda franchement dans les yeux pour la première fois depuis qu'ils avaient mis le pied dans cette pièce. Il paraissait plus âgé que jamais.

— N'aie aucune crainte: elle ne perdra pas le contrôle musculaire de sa respiration. Nous devons aller à la crypte, ajouta-t-il.

— Qu'est-ce que vous avez l'intention de faire pour vous débarrasser des gardes?

— Il y a une entrée secrète.

— Et connue de vous seul, hein? Décidément, Mel, vous en savez des choses. Je crois que nous avons encore un peu de temps pour discuter.

— La femme a dit vrai.

— Je n'avale pas cette histoire d'immortel, désolé.

Une sorte de sourire barra le visage de Mel.

— Je suis heureux de voir que tu n'as pas perdu tout bon sens.

— Ça n'empêche pas que vous en savez plus que le commun des Cajjars, ou le commun des mortels, non?

— Il y a une très bonne raison à cela.

— Je n'en doute pas. Dites-la, qu'on juge.

L'explication ressemblait à une de celles que Stéphane avait retenues. Mel faisait jadis partie du saint des saints du Cajjar (le terme était de lui). Comme tel, il avait accès à tous les documents et à tous les secrets; ce qui, bien sûr, était refusé au menu fretin de la secte. De plus, il avait été jugé bon de semer quelques rumeurs qui, au cours des années, devenaient des mythes, auxquels on croyait ou non, mais qui avaient la force de tous les mythes. Parmi ceux-ci, il y avait celui de la présence du Fondateur. Selon le mythe, le Fondateur était immortel et intervenait encore régulièrement dans l'ordre des choses. Un mythe contradictoire disait que le Fondateur avait renié sa création et avait quitté l'univers mineur.

— Malgré tout cela, conclut Mel, et plusieurs documents sont là pour le prouver, l'historicité de la mort du Fondateur ne fait pas de doute. Son immortalité ne peut être qu'un mythe, car les documents sont formels: il s'est éteint à Séville en 1210, à l'âge de soixante-sept ans, de mort naturelle et sous les yeux de plusieurs témoins dignes de foi.

Mel se tut. Quand il comprit que l'explication était terminée, Stéphane s'accorda un moment de repos mental. L'histoire se tenait et répondait à toutes ses objections. En théorie, il aurait dû l'accepter immédiatement.

Mais quelque chose manquait. Il n'aurait su dire quoi. Comme si c'était soudain trop plat, trop égal. Un petit quelque chose…

Qu'est-ce que tu me caches encore, Mel?

— Disons que j'accepte votre version, Mel. Elle me convient pour l'instant.

Il insista sur l'*instant* pour bien montrer qu'il gardait malgré tout une attitude sceptique. En même temps, il ne pouvait s'empêcher de s'émouvoir en observant la silhouette du vieil homme, la vieille tête grise, les rides profondes et nombreuses qui creusaient son visage. L'homme faisait pitié. Il lui semblait qu'hier encore il lui avait trouvé des airs de géant. *Un géant, ça? Il me regarde comme s'il craignait que je le roue de coups de pieds.*

— Il faut partir. Si nous voulons être certains d'arriver à l'heure à la crypte.

— Tiens, il n'y a plus de passage secret? ironisa Stéphane.

Le regard de l'homme brilla d'un éclair noir.

— Mais bien sûr qu'il y a un passage, siffla-t-il.

— Ah! C'était dans le plan, ça?

— Est-ce que je risquerais ma peau en essayant de me rendre à la crypte si ce passage n'existait pas?

Il n'y avait rien à répondre à cet argument. Cela pouvait être vrai comme cela pouvait être faux. Aucun moyen de vérifier.

Mais l'accent de sincérité, lui, ne trompait pas. Il y avait quelque chose de confondant chez Mel. Malgré tous les secrets, Stéphane persistait à lui accorder sa confiance. C'était comme s'il était sous le charme du vieil homme.

Je te crois, vieux maudit. C'est ça, le problème. Je te crois. Et je sais que je vais te suivre, comme je te suis depuis le début.

Puis ils se mirent en route.

Sa pensée suivait cette idée de confiance. Celle qu'il accordait à Mel était semblable à celle qu'il partageait avec son ami Marc. Partager... Marc le croirait-il jamais s'il lui racontait cette aventure? Non, bien sûr que non.

Lui-même, qui était pourtant en train de la vivre, n'y croyait pas tellement.

***

Stéphane observa un instant le paysage de mer tropicale devant lequel ils se retrouvaient. Même les odeurs semblaient réelles. Un instant, il fut tenté d'aller piquer un saut dans les vagues lumineuses qui venaient s'échouer sur la plage. C'était vraiment un lieu de vacances extra. Dommage que les circonstances... Son regard revint se poser sur Mel.

— Bon, qu'est-ce qu'on fait maintenant? dit-il. Vous m'avez dit qu'il n'y avait pas d'autre issue.

— Je ne pouvais pas prévoir que le champ du tunnel s'effondrerait, dit Mel.

— Vous le saviez depuis le moment où le champ du premier tunnel a montré des signes de faiblesse.

— Je ne le savais pas! Je pouvais seulement le supposer.

— En attendant, on ne peut plus accéder à la crypte. Qu'est-ce qu'on fait, je vous le demande? Parce qu'on est plutôt exposés, ici, sur cette plage. Il faudrait penser à se cacher un peu.

Le regard de Stéphane observa un instant le nouveau sous-univers. (Univers-tiroir, avait dit Mel; mais il n'avait pu découvrir s'il s'agissait là d'un terme légitime ou d'un mot fabriqué par le vieil homme pour simplifier la conversation.) D'après Mel, cet univers était en partie factice, pas entièrement réel.

Quelle importance? pensa Stéphane.

Le sable, les vagues et les palmiers dans le vent, c'était bien plus agréable que les portes innombrables et les corridors déserts.

Mais ils ne pouvaient pas rester ici éternellement.

— Alors, on revient sur nos pas, c'est ça? Dites-le, je veux l'entendre de votre bouche.

Le regard de Mel parut le transpercer.

— C'est sans doute la solution raisonnable. Mais, il ne nous est plus possible de reculer. Je crois qu'il va falloir attendre un peu de toute façon. Des gens viennent par ici et ils nous ont vus.

Un coup d'œil par-dessus son épaule et Stéphane sut que le vieil homme disait vrai.

Une trentaine de silhouettes couraient en leur direction, soulevant derrière elles un nuage de sable. Ils se trouvaient encore trop loin pour qu'on distingue s'ils portaient des armes.

— Ton pistolet, Stéphane. Règle l'intensité à son maximum et la dispersion aux trois quarts.

Intensité maximale?

Il suivit les instructions mécaniquement, les yeux fixés sur le groupe qui s'avançait vers eux. Bientôt il pourrait distinguer des visages.

— Attends encore un peu, vise bien et balaie les rangs qui se présentent devant toi. Maintiens bien ton arme. C'est tout. Maintien et balayage. C'est tout ce que tu as à faire.

Intensité maximale?

— En joue, Stéphane. Sois prêt!

Il mit en joue, en soutenant son bras de sa main libre.

— Vise bien. Vise bien. Ils y sont presque. Vise bien. Et n'oublie pas. Maintien et balayage... MAINTENANT!

Son doigt refusait de presser la détente. Qu'est-ce qu'il allait faire là? *Intensité maximale.* Non, il n'était pas capable. Mais il suffirait d'un petit mouvement, d'une simple pression du doigt pour... Et puis, pourquoi est-ce que cela devait être lui qui devait tirer? Pourquoi Mel ne faisait-il pas ses sales affaires lui-même?

— *Don't shoot! Don't shoot!*

Les nouveaux venus s'étaient arrêtés. Ils

se trouvaient à moins de cent mètres devant. L'un d'eux, qui agitait un tissu blanc au-dessus de sa tête, était clairement celui qui avait parlé. La distance rendait sa voix menue, comme si le vent n'en charriait qu'une partie.

— *We want to talk*, dit-il en s'arrêtant à son tour, mais sans cesser un instant d'agiter son drapeau.

Sans abaisser sa garde, Stéphane lança, le plus fort qu'il pût:

— Un seul homme et sans arme. Il ajouta: Et qu'il parle français!

— Non! Stéphane, ne te laisse pas prendre à son jeu. Tire, pendant qu'il est temps. Tire!

Il résista à la tentation de se retourner. Non, il ne tirerait pas. Il entendrait d'abord ce que ces gens avaient à lui offrir. Leur mission avait échoué, de toute façon. La voie vers la crypte du Dormeur leur était désormais interdite et le retour en arrière, problématique. Mieux valait faire son deuil de toute l'affaire. Par conséquent, raisonnait Stéphane, le moment était mal choisi pour se rendre coupable d'un crime.

Il n'avait aucune intention de tirer, mais il avait toutes les intentions du monde de bluffer.

Soudain, sans avertissement, il tira. Il tint l'arme à bout de bras et balaya le groupe qui se trouvait à distance.

Son coup avait dû être merveilleusement calculé: pas un attaquant ne demeura debout.

Stéphane sentit la main de Mel se poser sur son épaule.

— Tu as fait quelque chose de vraiment difficile, n'est-ce pas?

Il ne sut quoi répondre. Il n'avait *jamais* eu l'intention de tirer. Il n'avait jamais voulu... Une sorte de frisson le parcourut.

Qu'est-ce qui lui arrivait?

Il avait perdu le contrôle, voilà. Il avait complètement perdu la carte.

La main de Mel se fit un peu plus lourde.

— Je te répète qu'il n'y a rien à craindre pour ces gens. Ils se réveilleront dans quelques heures, intacts si ce n'est un coup de soleil.

Le pire, c'était que Stéphane en était intimement convaincu. Il l'était au moment où il avait tiré. Avait-il tant confiance en Mel qu'il ferait n'importe quoi pour lui?

— D'autres vont venir, dit soudain Mel. Nous ne pouvons pas rester ici.

— Impossible de reculer, vous l'avez dit vous-même.

— Il reste un moyen. Temporaire, il est vrai, mais commode pour l'instant. Viens, Stéphane.

Mel l'agrippa par le coude et l'attira vers lui. Stéphane résista un instant puis il vit la main de Mel disparaître dans l'air, suivie de son avant-bras. Il se laissa finalement guider. Où allaient-ils encore?

— Désolé pour l'endroit, mais c'est tout ce qu'il y avait de disponible. Un peu... organique, j'ai bien peur.

L'obscurité n'était pas totale. Suffisante, en tout cas, pour permettre à Stéphane de distinguer...

Il resta un instant ébahi devant le spectacle qui s'offrait à son regard.

On pouvait difficilement faire plus organique. Cela faisait penser au contenu d'un corps gigantesque. Des sections de l'endroit ressemblaient à autant d'organes, certains inertes, d'autres agités de mouvements spasmodiques. L'ensemble baignait dans un liquide poisseux qui suintait littéralement de partout. Dominant le tout, un grand bruit régulier et sourd. *Le battement d'un cœur,* pensa Stéphane. Et l'odeur... L'odeur était proprement épouvantable.

Lui et Mel avancèrent sur une série de muscles solides qui les menèrent à un passage étroit, obstrué par une masse de chair. À coup d'épaules et de hanches, ils tentèrent de déplacer l'obstacle. Après plusieurs minutes d'effort, la chair bascula avec un bruit répugnant. Un espace relativement dégagé et plat apparut à peu de distance. Quand ils y mirent le pied, ils se rendirent compte qu'ils avaient affaire une sorte de peau épaisse et rugueuse, semblable à du cuir.

— On va attendre ici, c'est ça? s'enquit Stéphane quand ils se furent installés.

— Un bout de temps. Assez pour qu'ils s'éloignent. Et je suis encore désolé pour l'endroit. Nous sommes dans une ancienne usine à viande. J'ai bien peur que sa programmation n'ait été fortement modifiée.

— Une usine à viande. C'est drôle, je ne peux pas imaginer le Maître...

— Le Maître pensait aux invités.

— Quels invités? Je croyais que le lieu n'existait que pour le Maître.

— Parmi les projets du Maître, il y avait la création d'invités.

— Des créature pensantes?

— Oui.

— Il ne les a jamais créées?

— Ils les a créées, oui, mais... Les choses n'ont pas tourné comme le Maître l'aurait souhaité. J'en suis sûr.

Stéphane ne poussa pas l'interrogation plus avant. Il venait de penser à quelque chose.

Un souvenir lointain, presque complètement effacé. Un souvenir qu'on avait *tenté* d'effacer, il en était maintenant certain. Un souvenir qu'il enregistra immédiatement dans ses moindres détails de peur d'en voir les morceaux retomber aux quatre coins du néant.

Le soir de sa fuite, là-bas dans la ruelle...

Pour la première fois depuis ce moment, il repensa à la chemise de Mel. Ce trou qui ornait le devant de la chemise prouvait clairement que le rayon vert l'avait atteint. Mais alors, comment se faisait-il que sa peau n'avait pas été touchée? *Comment pouvait-il encore avoir une poitrine?*

Et s'il y avait quelque chose dans la légende qui entourait la personne de Mel? Immortel, peut-être. Indestructible? Immortel parce qu'indestructible? Pourquoi pas?

Cela lui semblait si évident maintenant que son esprit chavira devant son inconscience. Non, pas de l'inconscience. Il y avait une autre explication. C'était simplement qu'il n'avait pas un contrôle total sur sa conscience. Il partageait sa conscience avec celle d'un autre. Celle de Mel.

Mel gouvernait ses pensées. D'une manière que Stéphane n'aurait su décrire, le vieil homme le forçait à agir dans une direction plutôt qu'une autre. Stéphane ne possédait plus totalement la maîtrise de ses pensées et de ses gestes.

C'était une révélation bouleversante. Stéphane se retira dans le mutisme. Pendant les heures qui suivirent, il se contenta de ressasser ses pensées, sursautant lorsqu'un muscle tressaillait non loin de lui. De temps à autres, il redevenait conscient de la puanteur. Mais pas souvent. Il s'habituait.

Au terme de sa réflexion, il en vint à la conclusion que rien ne lui prouvait que les intentions de Mel étaient mauvaises. L'homme agissait pour des motifs élevés que Stéphane était incapable de comprendre. Pour lui, le garçon était une marchandise à mener à bon port. Il n'avait pas vraiment son mot à dire.

Stéphane sortit de sa rêverie.

Derrière le grand martèlement du cœur et les chuintements organiques, d'autres bruits venaient à ses oreilles. Des bruits vaguement familiers. Des voix.

Le Cajjar! Mel avait été bien naïf de les croire en sécurité dans ce sous-univers. De toute évidence, les gens du Cajjar savaient comment s'y rendre. Et surtout, ils savaient comment les repérer.

D'une main tremblante, il sortit son arme de sa poche et chercha Mel du regard.

Personne. Il était seul sur la surface de cuir. De Mel, pas de trace.

Il n'osa pas appeler de peur d'attirer l'attention de ceux qui venaient.

Stéphane maudit silencieusement le nom de Mel. Pourquoi avait-il choisi un tel moment pour s'éloigner? Comment l'avertir…

À moins qu'il n'ait simplement fiché le camp en entendant les autres venir.

Stéphane se coucha sur le sol, derrière un sorte de bourrelet musculaire, puis il inspecta son arme. Elle était encore réglée comme le lui avait indiqué Mel. Si celui-ci avait dit vrai, il avait encore une chance de se débarrasser du groupe de ses poursuivants, bien que les lieux convenaient moins bien à ce genre d'exercice.

Il assura l'arme dans sa main, serra les dents et attendit.

Mais il n'eut jamais le loisir de faire usage du pistolet.

Un éclair blanc jaillit dans son cerveau. Au même instant, son esprit fut saisi par une main géante et lancé dans un abîme.

***

Il lui semblait qu'il tombait, bien que rien dans les réactions de son corps ne pût indiquer qu'il était en chute libre. Il n'eut pas le temps de penser beaucoup à tout cela.

Au fond de l'abîme se trouvait l'esprit du Maître.

En un instant, le contact fut établi avec l'esprit du Dormeur, du Maître, du créateur de Cajjarti.

Stéphane hurla.

Mais il n'avait plus d'oreilles pour entendre ses propres cris.

9

L'interrogatoire

— Nous savons que vous nous entendez, dit une voix grave en français.

Stéphane venait juste de s'éveiller. Il ne pensait plus maintenant qu'à ouvrir les yeux. Tâche difficile. Il y parvint avec effort. Quelque chose d'infiniment plus important le retenait dans l'abîme. (*Quel abîme?*)

Il souleva les paupières.

Il se trouvait au fond d'un profond entonnoir; au centre de son champ de vision brillait une immense lampe électrique, le reste était occupé par une couronne de visages. On l'observait attentivement.

Des visages, longs et sérieux, (il finit par en compter quatorze) étaient penchés sur lui. Ses gardiens, ses ennemis.

Ces gens-là étaient-ils les représentants du Maître? (Pourquoi pensait-il au Maître? Que s'était-il passé pour qu'il pense au Maître à cet instant précis?)

— Nous devons apprendre à nous connaître, dit l'un des visages. Entre gens raisonnables et intelligents, nous devrions pouvoir nous expliquer. Il y a eu beaucoup de confusion sur nos rôles respectifs.

Stéphane ne dit rien. Évaluer les nouvelles données. L'accent de son interlocuteur était déjà intéressant en soi. Trop précis, trop international à la fois pour être une langue parlée par une communauté. Peut-être celle de la diplomatie, tiens.

— Acceptez-vous de répondre à nos questions?

Une autre voix, plus pâle, plus fluette, ajouta:

— Il ne vous en sera pas tenu rigueur si vous choisissez de ne pas répondre.

Au brouhaha de voix indistinctes qui s'éleva, Stéphane comprit que la deuxième intervention ne faisait pas l'unanimité.

Le premier visage reprit:

— Vous avez beaucoup à perdre en restant muet, vous vous en rendez sans doute compte.

Stéphane était déjà arrivé à la même conclusion.

— Posez vos questions, dit-il. On verra.

Ce fut un troisième visage, large et un peu bouffi, qui prit alors la parole:

— Je crois parler au nom de tous. La première question est sans doute la principale: qui était avec vous?

Stéphane ne répondit pas tout de suite, encore surpris de ce qu'il venait d'entendre.

— Vous ne voulez pas répondre?

«*Qui* était avec vous?» Cela pouvait signifier que les gens du Cajjar ignoraient l'identité de Mel. C'était un peu difficile à croire. Mieux valait ne pas miser trop fort là-dessus. Et puis, ça pouvait n'être qu'une simple vérification. Attendre. Attendre les questions. Répondre pour leur plaire. Écouter.

«Qui *était* avec vous?» Était. Cela pouvait signifier que Mel était mort et cela pouvait aussi bien signifier qu'il leur avait échappé. Sans doute la deuxième explication. *Eh bien, c'est ce qu'il voulait, non?*

À quel genre de question avait-il affaire? Était-ce uniquement pour tester sa crédibilité? Oui, c'était sans doute cela. Ces gens ne pouvaient pas être si naïfs après tout; ils devaient connaître la réponse.

— Oui, il y avait un homme, dit-il. Je ne connais pas son nom véritable, mais il m'a dit s'appeler Mel.

Il surprit quelques hoquets dans la couronnes de visages, mais la question suivante n'alla pas dans la direction attendue.

Le troisième visage dit:

— Avez-vous une clé naturelle ou vous l'a-t-on donnée?

Une clé naturelle. Par opposition à une clé donnée. *Donnée par qui?*

— C'est un don naturel, dit Stéphane.

Il attendit la suite.

Le brouhaha reprit, plus fort que la dernière fois. Une voix domina bientôt les autres:

— Y en a-t-il d'autres comme vous?

Cela paraissait évident. Il y avait certainement d'autres gens comme lui de par le monde, capables d'accéder à l'univers artificiel. La seule différence, c'est qu'il avait eu droit à un professeur, en quelque sorte.

— Je suppose que oui.

— Vous êtes bien sûr que votre... capacité est naturelle?

Stéphane opta pour une réponse pas trop compromettante.

— C'est ce que je crois, oui.

— Mais vous n'en avez pas la certitude?

Il hésita un peu avant de répondre. Non, il n'avait aucune certitude. Mais quelle était l'alternative?

— Peut-être vous a-t-elle été donnée?

Est-ce que l'homme savait exactement ce qu'il disait quand il prononçait ces mots? Que le don d'accéder dans l'univers artificiel pouvait être transmis? Après réflexion, cela ne semblait pas plus incroyable que la première hypothèse.

Par qui la clé pouvait-elle lui avoir été donnée?

Le travail de recherche n'était pas difficile. Une seule personne en aurait eu l'occasion et les connaissances nécessaires pour réaliser ce genre de transfert. Tout pointait vers la même personne.

Mel.

Mais pourquoi aurait-il fait cela? S'il disposait d'une technologie capable de réaliser ce transfert de clé, pourquoi pas sur lui-même? Pourquoi avait-il besoin d'une autre personne?

La réponse vint d'elle-même: pour disposer d'une victime en cas de fuite précipitée.

Stéphane prit conscience que les questions se pressaient.

— Vous étiez avec lui quand vous avez accédé à Cajjarti?

— O-Oui.

— Pourriez-vous me décrire l'impression que vous avez ressentie lors de ce passage d'un monde à l'autre?

Le brouhaha cessa et fit place au silence. Apparemment, la question était lourde de sens.

Stéphane leur décrit, en termes aussi précis que possible, les impressions qu'il avait ressenties pendant son expérience.

Le visage numéro quatre reprit la parole, s'adressant apparemment à ses camarades:

— Je voulais savoir si le passage a été fait par une clé physique ou par un moyen que nous ne connaissons pas. On connaît les symptômes particuliers qui accompagnent le passage. Si ce Mel avait usé d'une clé physique, son passager aurait décrit la même expérience. Ce n'est pas ce que l'on nous a décrit. Conclusion, pour ceux qui n'auraient pas encore compris, ce jeune homme a un moyen «naturel» d'accéder à Cajjarti, ou bien c'est son compagnon qui dispose de cette capacité.

Oui, bien sûr, il y avait toujours la possibilité qu'il ne possédait, lui, Stéphane, aucun pouvoir particulier et que c'était Mel qui avait tout fait le travail, grâce à ses propres pouvoirs, qui ne ressemblaient en rien à la «clé physique» (quel que fût le sens de l'expression).

Le chef de l'assemblée prit la parole:

— Je vois aussi bien les conséquences que vous tous; il faut être prêts en cas d'attaque massive. Mais justement: il faut mettre la main sur celui qui est peut-être à l'origine de cette curieuse, hum, mutation. Éliminer tout de suite la racine du mal. Si ce Mel s'avère être…

— Ne soyez pas ridicule. Ces légendes ne sont que cela, justement, des légendes. On ne peut pas construire une enquête sur une légende.

— C'est une légende assez bien documentée. Nous avons retrouvé des traces de lui jusqu'au dix-septième siècle. Avouez que c'est déjà une longévité exceptionnelle…

La voix du chef de l'assemblée résonna contre les parois de l'entonnoir.

— A-t-on d'autres questions, de préférence «plus ciblées»?

Il n'y avait apparemment pas d'autres questions «plus ciblées».

La session prit fin brusquement. C'était comme si du jour on était passé directement à la nuit.

Stéphane resta seul dans l'obscurité.

***

Les interrogatoires reprirent, entrecoupés de période d'obscurité. À aucun moment on ne fit usage de la force physique et rien dans le ton ou les paroles n'indiquait qu'on pût y avoir pensé. Après le troisième interrogatoire, on donna à manger à Stéphane: un bout de pain, un œuf très dur et un peu d'eau.

Il n'avait pas réussi à imaginer une seule possibilité d'évasion, même optimiste. La cellule où il se retrouvait entre chaque période d'interrogatoire était un cube de deux mètres, à température contrôlée, et sans la moindre trace de fenêtre. La porte elle-même disparaissait quand elle était refermée. Apparemment, un secret du monde du Dormeur. Ce qui tendait à prouver que Mel n'était pas le seul à connaître les merveilles de Cajjarti et qu'il avait sous-estimé les forces de l'ennemi. Les gens du Cajjar n'étaient peut-être pas tellement au fait du fonctionnement du monde, mais depuis son départ, ils avaient eu le temps de découvrir bien des choses. Selon toute probabilité, ils disposaient de moyens ignorés de Mel. Chose certaine, c'était eux qui avaient maintenant le contrôle de la situation. Avec Mel disparu et Stéphane lui-même croupissant au fond d'un cachot, les perspectives de succès n'étaient guère reluisantes.

Plusieurs fois pendant ces longues heures de silence, il pensa à sa mère, aux copains, à l'école. Les reverrait-il jamais? Retrouverait-il un jour son petit monde ordinaire et terriblement confortable?

— Nous avons pris une décision, dit le «président» à l'interrogatoire suivant.

Il fit une pause. Stéphane sentit soudain la peur s'emparer de lui. Il tenta de la contrôler, mais la peur restait, rongeant son ventre comme un puissant acide.

— Vous allez être présenté au Maître.

D'après la manière de prononcer le mot, Stéphane ne douta pas qu'il parlait du Dormeur. Il sentit comme un grand poids le quitter.

— Le Maître jugera.

Me présenter au Maître? Si la moitié seulement de ce que disait Mel était vrai, le simple contact avec le Dormeur assurerait sa sécurité. Après tout, Mel était du côté du Dormeur et du côté du bon sens et du bien, non? Le Dormeur n'abandonnerait pas un de ses partisans.

Une pensée bleue apparut dans son esprit.

C'est un bluff.

Qu'est-ce qui pouvait être un bluff, il n'en avait aucune idée. Il chassa la pensée comme un vieil objet inutile et encombrant.

On allait le présenter au Dormeur. Le Dormeur agirait. Il mettrait fin à cette absurde et dangereuse aventure dans laquelle Mel l'avait entraîné. Stéphane retrouverait le chemin de la maison et le confort du train-train quotidien.

C'est un bluff. Refuse. Ils n'ont pas accès au Maître.

Stéphane oublia un instant ce qui se passait autour de lui. *Ils n'ont pas accès au Maître.* Comment pouvait-il savoir une chose pareille? Les hommes du Cajjar contrôlaient l'entrée de la crypte, ils avaient donc accès au Dormeur. C'est du moins ce qu'il avait toujours supposé. Il chercha à se souvenir si Mel avait mentionné quelque chose à ce propos, mais il ne trouva rien.

Ne réponds pas, Stéphane. Ils n'attendent pas de réponse.

Un frisson parcourut l'échine de Stéphane. Quelqu'un d'autre avait pensé avec son cerveau. Un cri monta de sa gorge et s'étrangla avant de quitter sa bouche.

C'est moi, Mel. Je suis toujours en contact avec toi. Confirme, s'il te plaît.

MEL! Une vague de joie l'emporta et du coup balaya le ressentiment de Stéphane. Mais le ressac amer suivit immédiatement, lourd et froid.

Comment pouvait-il croire qu'il avait affaire à Mel? Cela n'avait rien de Mel. Ce n'était même pas sa voix.

Confirme la communication, s'il te plaît. Ils veulent te présenter à un faux Dormeur pour t'arracher l'information qu'ils cherchent.

C'était une possibilité. Un piège grossier, mais le fait demeurait qu'il n'y ait pas songé. Un point pour Mel... si c'était bien Mel qui parlait dans sa tête.

Il me faut une confirmation, Stéphane. Je ne sais pas si tu me reçois.

Stéphane ne put s'empêcher de penser: «Comment?»

La réponse vint immédiatement:

Voilà comment. Il te suffit de formuler tes phrases dans ton esprit. Le module semi-indépendant fera le reste.

«Quel module semi-indépendant?»

Trop long à expliquer. Reste prêt.

«Comment puis-je être certain que vous êtes bien Mel?»

D'un coup Stéphane fut inondé de souvenir, de paroles, de gestes, des détails d'une telle intimité qu'il semblait littéralement revivre les événements des derniers jours. Puis tout s'arrêta comme c'était venu, le laissant sans souffle.

La preuve était amplement suffisante.

«Où étiez-vous, Mel? Pourquoi m'avez-vous abandonné?»

Tu as déjà connu ton premier contact. C'était l'identification. Je suis maintenant en mesure de te mettre directement en contact mental avec le Maître. Il ne me reste qu'à similariser ta matrice mentale. Je n'en ai plus que pour quelques minutes.

Puis la voix ajouta, avec un accent d'émotion:

J'ai failli ne jamais pouvoir te retrouver, Stéphane.

La perspective de communiquer avec le Maître était excitante, mais Stéphane ne savait que penser de la similarisation de sa matrice mentale. Qu'est-ce que cela pouvait bien vouloir dire?

— Vous vous sentez bien?

C'était la voix du Président. Le regard de Stéphane revint se fixer sur la couronne de visages qui dominait son champ de vision. Il les avait complètement oubliés, ceux-là.

La Président répéta:

— Vous semblez agité. Quelque chose ne va pas?

— Ça va, dit Stéphane. C'était simplement l'idée d'entrer en contact avec le Maître…

Le murmure de plusieurs voix s'éleva. Pour la première fois, le Président perdit son air glacé. D'une voix légèrement hésitante il demanda:

— Devons-nous comprendre que vous acceptez notre proposition?

Quelques minutes seulement. Gagner du temps. Dire n'importe quoi.

— Je dois y réfléchir. Les circonstances sont différentes.

Le murmure s'amplifia en un tollé de protestations. Le Président dut exiger le silence.

— Notre offre est honnête. Vous serez mis en présence du Maître et celui-ci jugera de la pertinence de votre action.

— Même si le Maître décide de me libérer?

Le Président répondit, sans hésitation:

— Nous nous en remettons à sa décision. Nous sommes les fidèles serviteurs du Maître.

Le chœur des voix reprit:

— NOUS SOMMES LES FIDÈLES SERVITEURS DU MAÎTRE.

Mensonge. Ils n'ont aucun moyen d'entrer en contact avec le Maître. La technique leur est inconnue.

— Je veux quand même y réfléchir, dit Stéphane pour ses interrogateurs. C'est une grave décision. Il y a plusieurs arguments en faveur et plusieurs contre. Essayez de me convaincre. Quelles sont mes chances d'être libéré?

Gagner du temps.

— Je ne suis pas dans le secret du Maître, répondit le Président. S'il juge approprié de vous rendre la liberté, nous nous soumettrons. Nous n'interviendrons en aucune manière. Nous sommes…

— NOUS SOMMES LES FIDÈLES SERVITEURS DU MAÎTRE.

Il y avait quelque chose d'un peu répugnant dans leur bassesse. Les simagrées étaient trop grossières pour paraître tout à fait convaincantes.

Plus que quelques secondes, Stéphane.

Presque! Dans quelques instants, si tout se passait bien, il serait en communication avec le Dormeur.

N'oublie pas, Stéphane. Ton but est de convaincre le Maître d'intervenir. C'est là notre seule mission. Si tu échoues, c'est ton monde que tu mets en péril.

Ton monde! C'était comme si Mel n'en faisait pas partie. Et peut-être était-ce vrai, dans un sens. Pour avoir vécu si longtemps dans ce monde artificiel, il devait se sentir plus d'attaches avec celui-ci qu'avec le monde de Stéphane.

— Nous pouvons vous accorder un temps de réflexion, continuait le Président. Que diriez-vous d'une journée? Nous pourrions aussi vous fournir des appartements plus convenables.

De la méthode douce à la méthode super douce. Qu'est-ce qu'ils lui offriraient encore? Salle de musique et jeux vidéo à volonté?

Es-tu prêt, Stéphane?

Prêt ou non, il n'y avait qu'une seule réponse possible :

«Oui.»

Alors, bonne chance. Et n'oublie pas: nous ne pourrons plus communiquer. Maintenant, ne compte plus que sur toi.

«Je serai à la hauteur.»

Il n'avait aucune idée de ce que l'on attendait de lui, mais il se prépara à son contact avec le Maître.

Mourant de peur.

10

La clé du monde

Pendant longtemps, une éternité lui sembla-t-il, Stéphane sentit une immense intelligence explorer son esprit.

Ce n'était pas une sensation désagréable. C'était... confortable, bien que parfois, pris d'un soudain vertige, il avait l'impression de chavirer ou de perdre pied. (C'était les seuls moments où il avait conscience d'avoir un corps.) Une seule fois, et ce fut un moment terrible, il crut qu'il allait perdre la raison.

Il flottait dans un vide rosé, sentait avec une sorte de plaisir les douces vaguelettes qui venaient lécher son esprit. Quand soudain, sans prévenir, et si rapidement qu'il avait à peine eu le temps de percevoir la chose, son esprit s'était retourné.

Comme un gant.

Puis les vaguelettes revinrent, toujours aussi douces et caressantes. Et c'était comme s'il ne s'était rien passé.

Pendant des heures, terrifié, il avait attendu le retour de l'horrible sensation. Mais rien ne s'était produit. Seulement les caresses…

Il attendit.

Quand le Maître entra directement en communication avec lui, cela ressembla d'abord à une musique très faible.

Il écouta. C'était beaucoup plus que de la musique. Chaque note, chaque intonation était un message complet s'adressant à lui et à lui seul.

En quelques secondes à peine, Stéphane absorba des milliards d'unités d'information. Les révélations les plus troublantes le concernaient directement.

Il apprit que le programme que Mel avait introduit dans son cerveau était maintenant inactif. L'entité appelée Stéphane avait retrouvé son libre arbitre. Il n'en voulut pas à Mel d'avoir eu recours à ce procédé. Il n'y avait pas eu moyen de faire autrement. Une information du Maître le lui avait confirmé. En même temps, il ne pouvait manquer de s'émerveiller de ce que Mel était parvenu à faire tout en respectant la personne qui s'appelait

Stéphane. En tout temps, il n'avait été privé que du minimum de sa liberté.

Il apprit aussi que le Maître avait pris les moyens pour faire évacuer Cajjarti. Ceux qui avait occupé le micro-univers était maintenant retournés chez eux, sans le moindre souvenir de Cajjarti ou des événements qui venaient de s'y dérouler. Ils ne se souviendraient pas davantage d'avoir jamais fait partie d'un groupe presque millénaire du nom de Cajjar.

Stéphane apprit en même temps que Mel ne pouvait être considéré comme une personne.

C'est peut-être cela qui finalement étonna le plus Stéphane (ou plutôt, qui étonna le plus une part de l'immense esprit dont il faisait maintenant partie). Jamais il n'aurait pu imaginer une telle chose. Il avait côtoyé Mel à chaque instant durant les derniers jours, et rien ne le différenciait en apparence et en comportement.

J'étais sous contrôle, à ce moment-là.

Il repensa à la chemise, au trou dans la chemise. Comment avait-il pu oublier une telle information? Le contrôle avait agi. Il ne pouvait continuer sur cette voie.

Peut-être. Mais il n'y avait pas que cela. Stéphane prit brusquement conscience des immenses difficultés que le robot avait dû surmonter. Poser chaque jour des gestes qui allaient directement à l'encontre de sa programmation, rechercher constamment des moyens de déjouer cette même programmation, désobéir aux ordres de son Maître, tout cela avait dû être terrible. Rien d'étonnant à ce qu'il n'ait jamais pu faire usage d'une arme. Il n'avait pas été créé pour cela.

Oui, d'une manière bien réelle, Mel avait traversé l'enfer. Mais d'une manière tout aussi réelle, le robot avait agi pour le bien. Car il ne pouvait agir autrement. C'était dans sa programmation. Protéger, telle était sa mission.

Malgré ses recommandations expresses, le Maître *devait* être éveillé. C'était maintenant chose faite. Mais pour accomplir cela, il avait fallu: primo, un humain, car le Maître aurait refusé le contact avec un non-humain, et, secundo, un humain qui soit moralement acceptable. Le Maître ne pouvait être éveillé que par un messager bien spécial. Un messager moral.

Le fait que ses gestes aient pu avoir un sens moral fut une autre surprise pour Stéphane. Cela ne correspondait pas à l'idée qu'il se faisait de lui-même (même dans l'infinité de l'esprit du maître, l'entité Stéphane demeurait totalement indépendante).

Qu'est-ce que j'ai de moral?

La pensée apparut un instant dans l'esprit de l'entité Stéphane, puis alla se dissoudre dans l'immensité de l'esprit du Maître.

Un temps infini s'écoula pendant lequel Stéphane absorbait l'information.

Puis, sans avertissement, sa conscience disparut...

... pour se retrouver ailleurs.

Quand il ouvrit les yeux, la première chose qu'il vit fut le visage raviné de Mel.

***

— Vous Lui avez parlé, dit le robot.

Ce n'était pas une question.

Stéphane comprit tout de suite qu'il faisait allusion au Maître. Et les souvenirs du rêve se pressèrent dans sa mémoire. Il sentit une envie irrésistible de tout dire, de peur d'oublier une seule chose. Mais par où commencer? Et comment pourrait-il exprimer tout l'ineffable de sa rencontre avec cette intelligence surhumaine ? Les mots étaient insuffisants et le seraient toujours. Déjà, des choses qui lui paraissaient limpides quand il était en communication avec le Maître, avaient perdu de leurs lignes claires et se désintégraient rapidement en une masse d'idées confuses. Pendant un temps indéterminé, et par le simple contact avec l'esprit du Maître, il avait été super intelligent, d'une intelligence qu'il n'arrivait même plus à concevoir. Assez intelligent pour comprendre le Maître et communiquer avec lui.

Stéphane resta muet.

— Je suis sûr, monsieur, que cette connaissance est entre bonnes mains, dit Mel, comme s'il avait tout compris.

Un lourd fardeau à porter, Stéphane en était conscient. Et une mission. Cet univers n'appartenait pas aux humains, et les humains n'avaient rien à gagner à en connaître l'existence. Les gens du Cajjar n'étaient pas vraiment parvenus à maîtriser la technologie de cet univers. Les autres humains ne seraient pas plus heureux. Quant aux innombrables secrets qui pourraient faire avancer la race humaine, le même Cajjar lui fournissait la preuve que rien de tel n'était souhaitable.

Stéphane sut à cet instant qu'il garderait le secret.

Parce que c'était son devoir.

— Vous devez dormir, maintenant. Vous avez besoin de repos.

C'est vrai, pensa Stéphane juste avant de s'endormir.

En toute confiance.

***

S'il y avait quelque chose d'incongru dans le fait de prendre son petit déjeuner sur la haute terrasse d'un château féerique, au milieu d'une lumière de fin d'après-midi d'automne, Stéphane n'y était pas sensible et mangeait avec appétit le contenu de son assiette. Pour l'instant, les questions étaient bien loin de son esprit. Surtout qu'il connaissait maintenant toutes les réponses, ou presque. Il entamait un troisième œuf (ou quelque chose qui avait l'apparence d'un œuf) quand la voix de Mel lui fit relever la tête.

— Je crois que nous avons de la visite, dit ce dernier en tournant la tête.

Stéphane l'imita. Une surprise l'attendait.

Pendant quelques secondes il resta bouche bée, incapable d'émettre le moindre son. Quand il retrouva la parole, ce ne fut que pour émettre quelques «oh» timides.

À plusieurs centaines de mètres d'eux, une montagne qui brillait comme un gigantesque miroir dominait la plaine. Le spectacle, en soi, aurait déjà été plus qu'impressionnant, mais de toute évidence, il y avait davantage. Apparemment, cette montagne était aussi vivante. Parfois, des mouvements, des spasmes agitaient sa vaste structure. À d'autres moments, c'était des pseudopodes qui se lançaient à l'assaut du ciel. À chacun de ces mouvements, des torrents de couleurs contrôlées semblaient jaillir dans le ciel, éclater, se résorber sans qu'on pût saisir la logique de cette peinture surréaliste. Le tout était à lui seul un spectacle son et lumière qui aurait fait pâlir les meilleurs artificiers et les meilleurs prestidigitateurs du monde.

L'explication était simple, et Stéphane la découvrit presque tout de suite: une surface réfléchissant et décomposant la lumière, de forme irrégulière et mouvante, reflétait les couleurs du ciel et des environs. Le Jardinier — il fallait que ce soit le Jardinier — semait la vie en transformant la lumière.

Sans doute attiré par une autre tâche, le Jardinier transporta sans effort son immense masse vers des collines, plus loin.

Et il n'a même pas laissé une marque dans la végétation!

Il allait devoir examiner ce Jardinier de plus près.

— Il va falloir que je m'occupe de lui, dit Mel. Son attaque sur la demeure lui a laissé des séquelles indésirables, comme je m'y attendais. Je ne pouvais malheureusement pas faire autrement. L'attaque devait avoir lieu.

— Il y a encore une chose que je me demande, dit Stéphane. Une question fondamentale. Pourquoi moi? Pourquoi, parmi tous les gens de la Terre, m'avez-vous choisi, moi?

— Je n'ai pas eu à chercher sur toute la Terre, Stéphane. Un bon nombre de gens répondaient à mes critères. Ç'aurait pu être un autre. Et il y avait le facteur temps...

— Vous voulez dire... il n'y avait rien de particulier...

— Oh! Au contraire, monsieur. Bien sûr qu'il y a quelque chose de spécial. On ne peut pas trouver n'importe où un être généreux comme vous.

— Un être généreux, moi?

— Suffisamment pour qu'une dignité morale comme le Maître y soit sensible. Je suis sûr que l'esprit (ou une partie de l'esprit) du Maître est devenu conscient de votre présence depuis le moment où avez mis le pied dans le monde artificiel. À votre arrivée à Cajjarti, avez-vous ressenti des impressions curieuses, pensé à des choses inusitées?

Stéphane eut envie de rire tant la question était naïve, à sa manière. Son contact récent avec le Maître l'avait déjà renseigné. Mel avait raison: il ne s'était pas écoulé une minute après son arrivée que le Maître était conscient de la présence de Stéphane, être pensant. Et généreux.

Moi, généreux.

Malgré l'incroyable intimité du contact qu'il avait eu avec le Maître, cet aspect de sa pensée lui restait obscure. Il pouvait certainement être sensible à la générosité, mais Stéphane n'avait perçu aucune trace de générosité dans l'esprit du Maître, ni rien qui pût y ressembler. D'une certaine façon, l'esprit du Maître était tout autant une machine que le Jardinier ou… Mel.

Immédiatement (relent de sa période d'intelligence, quand il avait cru saisir le fonctionnement caché du monde), il comprit que, tout étranger qu'il fût, le Maître lui aussi était humain. Il ne comprenait peut-être pas les choses comme lui, Stéphane, mais la nature et la recherche du bien étaient pour lui des questions réelles. Malgré les apparences, le Maître était un être moral.

Comme moi.

Cela, Stéphane le savait maintenant dans chaque fibre de son corps. Il savait aussi, d'une façon mystérieuse, que le robot, malgré sa programmation, avait lui aussi cette marque particulière de l'humain.

Est-ce qu'il y a un mot pour cela?

Puis il repensa au moment inévitable où tout cela devrait prendre fin. Et c'était maintenant.

— Bon, dit Stéphane. Je suppose que c'est le temps de rentrer.

— Pour retrouver votre vie, je comprends, monsieur. Mais je me demandais si dans quelque temps vous ne pourriez pas...

Une sorte d'espoir vague naquit dans son ventre.

— C'est que j'ai obtenu du Maître la permission de procéder aux améliorations environnementales que nécessite le jardin, mais tout le travail est à faire. À commencer par la reprogrammation partielle du Jardinier. Et je me disais que comme ce sera bientôt les vacances d'été...

— Ce serait vraiment *cool*!

— Très... *cool*, en effet, monsieur.

Il imagina des vacances incroyables passées à connaître les secrets d'un monde encore peu connu de lui. Sans compter qu'il aurait le droit, enfin, de visiter la demeure du Maître. Et un nouveau contact avec celui-ci, peut-être... Non, mieux valait ne plus y penser. Ni Stéphane ni personne n'arracheraient plus ce docte savant à ses études.

Il restait une chose à dire. Une seule.

— Mel, dit Stéphane, vous êtes un sacré bon humain.

Mel n'eut pas tout de suite de réaction. Puis un sourire s'étala sur ses vieilles lèvres. À ce moment, Stéphane savait qu'il ne s'agissait que d'une programmation, extrêmement avancée certes, mais d'une programmation quand même. Un signal convenu pour réagir dans une certaine situation, ou orienter, ou définir. Cela ne l'empêcha pas d'être touché par ce sourire.

— Merci, dit Mel. Vous savez, monsieur, depuis le temps… je veux dire… je ne sais pas si je peux…

— Bien sûr, dit Stéphane.

— Je voulais vous dire que cela fait vraiment du bien de pouvoir dire «monsieur» à une personne comme vous.

Table des matières

Achevé d'imprimer
en février 2000 sur les presses de
Imprimeries Transcontinental inc.,
division Métrolitho

Imprimé au Canada — Printed in Canada